KB263630

5000년의 비밀노트

행운의 고물토기

조우석, 김민기, 신선웅 지음

한언

요즘 학생들을 보면 자기 자신에게 관심이 없습니다. 오로지 성적과 대학뿐이죠. 그런 환경을 만들어 준 어른으로서 매우 미안한 마음이 듭니다. 이 책을 통해 우리 아이들이 진정한 행복이란 자신의 꿈을 향해 가는 과정이라는 걸 알게 될 것이라 믿습니다. _백유선, 보성중학교 선생님

어릴 적 내게 이 책이 주어졌다면 내 인생이 어떻게 달라졌을까 하는 아쉬움이 간절했다. 언제부터인가 희미해진 '비전'을 일깨워 준 의미 있는 충격이었다. _길준이 아빠, 박상규

결과만을 중시하는 풍조 속에서 나는 내 아이에게 어떤 부모가 되어야 하는지 다시금 돌아보게 되었다. 가족들이 잘 보이는 곳에 행운의 비밀 법칙을 단계별로 붙여 놓고 서로 실천하도록 해야겠다. _용원이 엄마, 박미숙

아들에게 꿈을 가지라고, 인생의 목표가 무엇이냐고 다그쳤었다. 아들이 진정 좋아하는 것, 원하는 것이 무엇인가를 찾을 수 있도록 도와주고 기다려 주는 여유가 필요하다. _한욱이 아빠, 위재훈

코치는 바로 나 자신이다. 고물토끼를 만나 행복해진 코치처럼 나도 행복한 행운아가 되고 싶다. _양재덕 학생

행운아가 된 내 모습을 상상해 본다. 나도 꿈을 이룰 수 있다는 자신감을 가지고 끝까지 포기하지 않을 거다. _이용우 학생

고물토끼는 바로 여러분 곁에 있습니다.

　무단결석과 폭력을 일삼던 말썽꾸러기 학생 앞에 어느 날 피어 폴 선생님이 나타납니다. 선생님은 그 학생에게 "넌 뉴욕 주지사가 될 아이란다"라며 아낌없는 칭찬을 했습니다. 선생님의 이 한마디는 아이도 모르는 사이 분신처럼 따라다니게 되었고, 비뚤어졌던 아이는 다시 공부를 시작했습니다. 이 이야기는 제53대 뉴욕 주지사가 된 로저 롤스의 실화입니다. 제가 처음 고물토끼 이야기를 들었을 때 피어 폴 선생님이 떠오른 건 우연이 아닐 것입니다. 고물토끼는 비록 엉뚱하지만 이 책을 읽을 아이들을 늘 따라다니며 그 아이들이 꿈을 이루도록 도와줄 것이라 확신했기 때문이지요. 마치 피어 폴 선생님의 그 말씀처럼 말이에요.

　이 책을 기획한 조우석 작가와 김민기 작가는 누구보다 지독한 교육자들입니다. 이 책에 소개된 〈행운의 비밀 법칙 7단계〉만 해도 자신들이 직접 경험으로 터득하고, 그것도 모자라 학생들을 통해 그 놀라운

과정들을 소중히 완성해 내었지요. 저 역시 조우석 작가와 김민기 작가와 함께하며 이 기적의 7단계를 전국 각지의 강연회를 통해 학부모와 학생들에게 전달해 왔는데, 언제나 반응은 뜨거웠습니다. 어쩌면 우리 모두는 이미 7개의 진주를 가지고 있는지도 모릅니다. 그리고 마침내 이 이야기를 통해 그 진주들이 꿰매어져 훌륭한 목걸이로 탄생될 것입니다. 그런 기적을 만들어 내는 조우석 작가와 김민기 작가는 분명 자신의 가치관을 실천으로 옮기는 지독한 교육자들임이 틀림없습니다.

또 하나의 기적이 이 책의 저자 신선웅 작가에게도 존재합니다. 아무리 좋은 재료라도 요리사의 실력에 따라 음식의 맛은 판이하게 달라질 수 있습니다. 신선웅 작가는 좋은 재료를 가지고 상상 그 이상의 음식을 만들어 냈습니다. 세상에, 이렇게 멋지게 꿈을 이루어 주는 고물토끼를 생각해 내다니! 제가 처음 원고를 읽었을 때의 신선한 충격을 잊을 수 없습니다. 분명 고물토끼는 이 세상을 살아가는 동안 신선웅 작가의 분신과도 같은 존재가 될 것입니다.

마지막으로 이 책을 만나게 될 독자들에게 전하고 싶은 말이 있습니다. "Never, Never, Never, Give up!" 영국의 옥스퍼드대학 졸업식에서 처칠이 남긴 가장 짧은 축사이자 명연설입니다. 7단계를 따라가다 보면 처음의 결심과 달리 포기하고 싶어질 때도 많을 것입니다. 그럴 때는 작은 용기를 내 보십시오. 하나님은 이 세상 모든 것을 지으시며 때를 따라 아름답게 하실 것이라 했답니다. 포기하지 않으면 반드시 결실을 보게 될 거라고도 말씀하셨지요. 우리 친구들 모두에게 그 아름다운 때가 이 책과 더불어 찾아오길 기원합니다.

다시 한 번 멋진 책을 이 세상의 소중한 친구들에게 선물한 조우석 작가와 김민기 작가, 그리고 신선웅 작가에게 경의를 표합니다.

2011년 10월, 자문 김 성 춘
(인천대학교 과학영재교육연구소 연구원,
전국 대학부설 과학영재교육원 실무관협의회장)

《행운의 고물토끼》을 읽기 젠! 간단한 사용법을 알려 드리겠습니다. 아주 쉽고 유용한 사용법입니다. 차근차근 잘 읽고 꼭 지켜 주세요.

첫째, 행운아가 되고 싶은 사람만 읽을 것!
행운아가 되고 싶지 않은 사람은 이 책을 읽지 않아도 좋습니다. '나는 행운아가 되기 싫어!', '내가 행운아가 될 리 없어!'라고 생각한다면 이 책을 덮어도 좋습니다. 잠깐! 그래도 두 번째 사용법까지는 읽어 주세요.

둘째, 가장 잘 보이는 곳에 둘 것!
지금 막 책장을 덮으려고 했습니까? 그렇다고 해서 이 책을 아무 곳에나 던져두지 마세요. 책장 중에서도 가장 잘 보이는 곳에 꽂아 두세요. 분명 보고 싶은 마음이 생길 날이 올 것입니다. 이 책을 보기로 했다 하더라도 마찬가지입니다. 가장 잘 보이는 곳에 두고 반복해서 읽으세요. 침대 머리맡, 화장실 변기 위, 매일 들고 다니는 가방 속 정도가 좋을 것입니다.

셋째, 읽기로 했다면 주인공이 될 것!
아주 조금이라도 행운아가 되고 싶은 마음이 있어서 이 책을 보기로 했습니까? 그렇다면 이 책을 읽는 동안에는 책 속의 주인공이 되어 보세요. 조금 이상하고 엉뚱한 녀석이 나타나더라도 너무 무시하지 말고 주인공이 되어서 이 책의 마지막 페이지까지 함께 가 보세요.

너도 행운아가 될 수 있단다!

여기까지 읽고 있다면 이 책을 한번 읽어 보기로 한 것이군요. 만나서 진심으로 반가워요. 얼마나 오랫동안 이 만남을 기다려 왔는지 상상도 못 할 거예요. 날마다 이런 날을 꿈꾸며 기다렸답니다.

그리고 행운아가 된 것을 축하해요. 아직 행운아가 아니라고요? 특별한 사람만이 행운아가 될 수 있는 것은 아니에요. 이 책을 다 읽고 나면 행운아가 된 자신의 모습을 발견할 수 있을 거예요.

그냥 그림이 예뻐서, 무슨 내용이 쓰여 있는지 궁금해서, 만약에라도 행운아가 되면 좋은 일이니까 속는 셈치고 이 책을 읽기로 했다고 하더라도 괜찮아요. 아주 조금이라도 행운아가 되고 싶은 마음이 있다면 행운아가 될 수 있는 가능성이 있는 거니까요.

이 세상에는 처음부터 행운아인 사람은 없어요. 이 책을 만든 선생님들도 처음부터 행운아는 아니었지요. 그렇다고 처음부터 행운아가 아닌 사람도 없어요. 우리는 누구나 행운아가 될 수 있는 사람으로

태어났답니다. 행운아가 되는 방법, 행운이 따라오게 하는 방법을 아느냐 모르느냐에 따라 달라지는 것뿐이지요.

그 방법이 무엇이냐고요? 그게 바로 지금부터 이 책에서 이야기할 내용이에요. 자, 그럼 우리 함께 시작해 볼까요? 누구나 행운아가 될 수 있다는 것! 절대 잊지 마세요!

2011년 11월,
행운아가 될 여러분의 모습을 상상하며

신 선 웅

할배나무

할배언덕 가운데에 자리 잡고 있는 커다란 느티나무. 몇 백 년
을 살았는지, 언제부터 그곳에 있었는지 아무도 모른다. 말을
할 줄 안다는 비밀을 갖고 있다. 기분이 좋을 때면 바람을 따라
가지와 잎사귀를 흔들거린다.

가장 좋아하는 것 : 코치가 등 긁어주는 것

팡

둥글둥글 느림보 귀여운 판
다. 무지무지 착해서 항상
웃고 고개를 끄덕거린다.

랑코

부드러운 털과 멋진 꼬리
를 가진 다람쥐. 똑똑하고
또랑또랑한 날쌘 돌이!

티티

항상 꽃을 들고 다니는 햄스
터. 무척이나 새침데기이고,
친구들에게 인기가 많다.

고물토끼

짜리몽땅한 키에 장난기가 가득한 괴짜토끼. 언제나 잘난 척
하는 말투로 코치를 놀린다. 신기한 멜빵바지를 입고 있어서
온갖 물건을 집어넣고 꺼낼 수 있는 재주가 있다. 마음에 드
는 물건 속에 들어가면 그 안이 고물토끼의 세상인 아로로
와 연결된다.

취미 & 특기 : 낮잠 자기

코치

불평불만이 많은 투덜이 대장 고슴도치! 자신은 항상 운이 없
다고 생각한다. 눈치도 없어서 친구들에게 눈치코치 없는 코
치라고 놀림을 받는다. 무척이나 소심하고, 무엇이든 마음에
안 들거나 화가 나면 등에 있는 가시가 뾰족하고 뻣뻣해지는
특성이 있다. 다른 친구들처럼 부드러운 털을 갖고 싶어 한다.

좋아하는 친구 : 티티　라이벌인 친구 : 랑코

코치의 엄마 · 아빠

잔소리 대장 엄마, 무뚝뚝하고 바쁜 아빠! 언
제나 불평불만인 코치를 걱정하고, 포포와
매일 싸우는 코치 때문에 머리가 아픈 부모
님이다. 하지만 누구보다 코치를 사랑한다.

노노

엉뚱 발랄한 청개구리.
수영을 잘한다.

포포

코치의 여동생

차례

나는
할수있다

"치……, 역시 학교는 재미없어!"

고슴도치 코치는 오늘도 투덜대며 학교를 나선다. 등을 덮은 가시는 하늘이라도 찌를 듯 빳빳하게 서 있다. 오늘 학교에서는 체육대회가 열렸다. 체육대회의 하이라이트인 이어달리기를 할 때였다. 친구들은 모두 서로를 응원해 주었다. 그런데 코치에게는 아무도 관심을 주지 않았다. 다람쥐 랑코는 언제나 그렇듯 잽싸게 잘 달린다고 칭찬! 청개구리 노노는 폴짝폴짝 잘 뛴다고 칭찬! 햄스터 티티는 손에 든 꽃을 놓치지 않고 끝까지 예쁘게 잘 달린다고 칭찬! 느림보 판다 팡 녀석은 느리기는 하지만 폼이 귀여워서 칭찬이라나, 뭐라나? 코치는 앞서 달리는 친구들을 제치고 멋지게 앞으로 나가고 싶었다. 하지만 마음대로 되지 않자 심통이 났다. 그 바람에 가시는 날카롭게 서 버렸고, 나란히 달리던 다른 팀 친구들은 코치의 가시에 찔렸다. 게다가 코치는 아무도 걸리지 않던 돌부리에 혼자 걸려서 넘어지기까지 했다. 결국 코치가 가장 늦게 결승점에 들어오면서 코치네 팀이 꼴찌를 하고 말았다.

코치는 친구들을 괴롭히고, 팀마저 꼴찌로 만든 셈이었다.

오늘도 코치에게는 운이 따르지 않았다.

"에잇!"

코치는 괜히 길가에 있는 돌멩이를 걷어차며 화풀이를 했다. 픽! 데굴데굴……. 돌멩이는 투덜이 코치를 비웃듯 멀리 날아가지 않고 풀숲으로 쏙 숨어 버렸다. 코치는 돌멩이조차 자기 마음을 몰라주는 것 같아 더욱 심술이 났다. 코치는 집으로 가는 길을 뒤로한 채, 마을 뒤편에 있는 작은 언덕으로 올라갔다. 코치가 오늘처럼 잔뜩 기분이 상한 날이면 어김없이 가는 곳이다.

나지막한 할배언덕, 그 한가운데에는 언제나 할배나무가 코치를 기다리고 서 있다. 그리고 할배나무에게는 코치만 알고 있는 비밀이 있다. 할배나무가 언제부터 거기에 있었는지는 아무도 모른다. 동네 어른들의 말에 따르면 할배나무는 아주 오랜 옛날, 이 마을이 생기기 전부터 그 자리에 있었다고 한다. 할배나무가 말을 할 줄 안다는 것 또한 아무도 모른다. 오직 코치만이 할배나무와 이야기를 나눈다. 그렇다고 '혹시 코치가 특별한 재주를 가진 녀석인가?' 하는 오해를 해서는 안 된다. 코치도 처음에는 할배나무가 말을 할 줄 안다는 것을 전혀 몰랐다. 사실 코치는 너무나도 평범한 녀석이다. 평범하다 못해 학교에서며 동네에서며 모두에게 '못난이', '골칫거리', '투덜이'라고 놀림을 받는다. 투덜거리기 대장에, 눈치도 없어서 친구들의 미움을 한 몸에 받는다. 매일매일 사고를 치고, 친구들과 싸우고, 동생 포포를 울리고 못살게 굴어서 코치 주변은 하루도 조용할 날이 없다. 그런 코치에게 하루하루가 즐거울 리 없다. 언제나 불만으로 가득 차 있지만 그렇다고 딱히 답답한 마음을 털어놓을 곳도 없다. 사실 코치는 누구보다 착하고 마음도 아주 여린 아이였다. 하지만 어떤 친구도 불만투성이 코치의 곁에 있어 주지 않았다. 심지어 엄마 아빠도 코치의 마음을 알아주지 않았다.

"코치야, 포포랑 싸우지 말고 공부 좀 열심히 해라. 알겠니?"

엄마가 늘 하는 잔소리였다. 무뚝뚝한 아빠는 엄마 말씀을 잘 들으라는 말뿐이었다. 누구도 코치에게 관심을 갖거나 코치의 속상한 마음을 알아주지는 않았다. 그래서 코치는 매일같이 할배나무 앞에 앉아 그날 있었던 일들에 대해 투덜거렸다. 그런데 코치의 이야기를 말없이 듣기만 하던 할배나무가 어느 날 자기도 모르게 말을 하고 말았다.

"코치야, 넌 왜 만날 혼자 투덜거리는 게냐?"

말을 할 줄 안다는 사실을 숨기고 묵묵히 서 있던 할배나무가 친구 하나 없는 코치를 너무나 가엾게 생각한 나머지 큰 실수를 하고 만 것이다.

"어디서 들리는 소리지……? 나무, 나무가…… 말을…… 한 건가?"

"그래, 코치야. 나 할배나무란다."

"으으으…… 으악! 깜짝이야!"

나무가 말을 할 거라고는 상상도 못 했던 코치는 너무나 놀라 가시가 빳빳해지다 못해 튕겨 나갈 듯 솟아올랐다. 그래서 한참 동안 할배나무 근처를 빙빙 돌며 이리저리 살펴보고, 살짝 만져 보기도 하고, 왠지 무서워서 도망을 치려고 하기도 했다. 할배나무는 놀란 코치를 진정시키느라 진땀을 빼야 했다. 하지만 코치는 조금씩 할배나무의 따뜻하고 진심 어린 마음을 느낄 수 있었고, 어느새 말을 하는 할배나무에게 익숙해져 갔다.

그날 이후로 할배나무는 코치의 유일한 친구가 되어 주었다. 코치가 어떤 이야기를 해도 코치를 지지하고 위로해 주었다. 코치는 그런 할배나무가 무척이나 좋았다. 매일매일 할배나무 곁에 앉아서 그날 있었던 일을 이야기하고, 까끌까끌한 가시로 할배나무의 가려운 등을 긁어 드리고 집으로 돌아가는 것이 코치의 유일한 즐거움이었다. 할배나무 역시 코치와 함께하는 시간이 행복했다. 무엇보다 할배나무에게는 마음 편히 대화할 수 있는 말동무가 생긴 셈이었다. 코치가 등을 긁어 주는 것이 무척이나 시원하기도 했다.

01

나에게도 행운이 올까?

투덜투덜 코치와 할배나무

코치는 오늘도 할배나무에게 학교에서 있었던 일을 이야기했다.

"할배, 할배! 저는 정말 운이 없죠? 휴우…… 이 뾰족 가시는 언제쯤 제 말을 들을까요? 저도 티티처럼 부드러운 털을 갖고 싶어요. 얄미운 랑코 녀석도 그렇잖아요, 쳇……."

"그렇게 속상했니?"

"네! 만약에 정말로 신이 있다면 제 편만 안 들어 주려고 작정한 게 분명해요. 온갖 행운은 친구들한테만 간다니까요. 저만 쏙쏙 피해서 말이에요……."

이번만큼은 할배나무의 따뜻한 위로도 통하지 않았다. 뾰족하게 서 있는 코치의 가시도 좀처럼 가라앉지 않았다. 코치는 할배나무에게 더 투정을 부리고 싶었지만 엉덩이를 툭툭 털고 일어났다. 어느새 뉘엿뉘엿 해가 지고 있었다.

"할배, 내일 또 올게요. 지금 내려가지 않으면 엄마한테 또 혼나겠죠? 아…… 내일은 또 얼마나 재미없는 하루가 될까요?"

코치는 마지막까지도 투덜대며 할배나무에게 인사했다. 그렇게 코치가 막 돌아서려는데 할배나무가 코치를 불러 세웠다.

"코치야, 잠깐만 이리 가까이 와 보겠니?"

"왜요? 아참! 등 긁어 드리는 걸 깜빡했죠?"

"아니, 아니란다. 코치 너에게 줄 선물이 있어서 그런다."

"선물이요? 뭔데요?"

선물이라는 말에 코치는 두 눈이 동그래졌다.

"허허, 선물 소리를 듣더니 기분이 좋은 모양이구나! 어디에 두었더라? 흠……."

할배나무는 나무뿌리 한쪽에 나 있는 구멍 깊숙한 곳에서 무언가를 열심히 찾았다.

"오호라, 여기 있구나! 자, 이걸 받아라."

할배나무가 꺼내 준 것은 낡은 양철 주전자였죠.

"예전부터 주려고 했는데 언제 줘야 하나 생각하고 있었단다. 그런데 오늘은 꼭 네게 줘야 할 것 같구나."

"네? 이 찌그러진 고물 주전자가 선물이라고요?"

코치는 어리둥절한 얼굴로 주전자를 받아 들었다.

"그래, 그 주전자를 가져가렴. 그리고 내일 나에게 올 때 다시 잘 가지고 오려무나. 대신 지금부터 내일 가져올 때까지 어딜 가든 꼭 가지고 다녀야 한단다. 또 하나, 코치 네가 씻을 때 이 주전자도 깨끗이 닦아 주려무나."

"잘 때도 가지고 자라고요?"

"그래, 그렇단다. 그리고 내일 나에게 가져오면 그 주전자가 왜 선물인지 알 수 있을 거란다."

"아…… 진짜 선물은 따로 있는 거군요? 그렇죠?"

"허허, 그래. 그 말이 맞을 수도 있겠구나."

코치는 고개를 갸웃거리며 언덕 아래로 내려갔다.

찌그러지고 낡은 양철 주전자를 달랑달랑 손에 들고…….

★　★　★　★

"할배, 할배!"

다음날, 코치는 언덕 저 아래에서부터 할배나무를 부르며 한달음에 달려왔다. 손에는 양철 주전자가 들려 있었다. 코치는 이 낡은 주전자는 무엇이며, 이것을 왜 선물이라고 준 건지 너무나 궁금해서 학교 수업이 끝나자마자 할배나무에게 달려온 것이다.

"할배, 할배! 주전자 가져왔어요!"

코치는 할배나무와 했던 약속을 전부 지켰다. 어제부터 오늘까지 주전자를 계속 가지고 다녔고, 깨끗이 씻어 주기도 했다.

"그런데 이 주전자 좀 이상해요. 뚜껑이 안 열려요. 그래서 주전자 속은 못 닦았어요. 역시 고물 주전자예요."

"허허, 잘했구나. 모처럼 개운하겠는걸!"

할배나무는 주전자를 보며 알 수 없는 미소를 지었다.

"할배, 이 주전자가 선물은 아니죠? 빨리 진짜 선물 주세요, 네?"

"그래, 약속을 잘 지켰으니 진짜 선물을 줘야겠구나. 자, 이제 주전자 주둥이에 입을 대고 바람을 후~ 불어 보려무나. 진짜 선물이 무엇인지 알 수 있을 거란다."

코치는 여전히 할배나무의 말을 이해할 수 없었다. 하지만 너무나 궁금한 나머지 냉큼 할배나무가 시키는 대로 해 보았다.

"후우!"

세게 입김을 불어 넣자 주전자가 요동치기 시작했다.

달그락달그락! 달그락달그락!

그러고는 뿌연 연기가 뿜어져 나오더니……,

펑!

"으으으읍! 온몸이 삐거덕거리는 것 같네. 휴우! 몇 년 만에 나와 보는 거야. 할배! 왜 이렇게 오랜만에 불러냈어요. 얼마나 보고 싶었는지 알아요? 뭐라고요? 할배도 날 보고 싶었다고요? 으하하, 그럴 줄 알았어요. @#!&^(#!#$%……."

주전자 안에서는 아주 요상한 녀석이 튀어나왔다.

기다란 귀 두 짝이 달린 걸로 봐서는 토끼인 것 같은데, 원래 흰색인지 갈색인지 알 수 없을 만큼 무척 꼬질꼬질했고, 어디가 눈썹이고 어디가 수염인지 알 수 없이 지저분하게 털이 자라 있었다. 멋을 아는 건지 모르는 건지, 멜빵바지에 나비넥타이를 매고 있었고, 게다가 삐거덕거리는 것 같은 게 아니라 움직일 때마다 정말로 삐걱삐걱 소리가 나는 아주 요상한 녀석이었다. 녀석은 주전자에서 튀어나오자마자

그렇게 한참을 쉬지 않고 떠들어 댔다.

"허허, 역시 자네는 못 말리겠구먼. 잘 지냈는가?"

할배나무는 껄껄 웃으며 요상한 토끼 녀석과 인사를 나누었다. 코치는 눈앞에 벌어진 이 일을 믿을 수 없다는 표정으로 토끼 녀석과 할배나무를 번갈아 쳐다보았다.

"자, 인사하게. 아주 오랜만에 자네에게 소개해 줄 친구가 있어서 이렇게 불러낸 거라네."

"친구요? 누구요? 아, 지금 우리 앞에서 멍청한 표정을 짓고 있는 이 고슴도치 말이에요?"

토끼 녀석은 몇 번이나 코치를 위아래로 훑어보았다. 코치는 자기를 잔뜩 무시하는 투로 말하는 토끼 녀석이 곱게 보이지는 않았다.

괴짜 고물토끼를 만나다!

"할배가 소개해 주는 거라면 보통 인연은 아닐 것 같은데 우리 인사나 할까? 난 고물토끼! 원래 이름은 클로버 오스카로스 까르비뇨또! 고물토끼라는 별명은 날 만났던 친구들이 붙여 줬어. 처음 그렇게 부른 게…… 오, 그래! 뉴턴 그 녀석이었던가? 그게 벌써 250년도 넘은 일이라 기억이 가물가물해. 아무튼! 여기서 고물이라는 말은 오래되고 낡은 물건이라는 뜻인 것 같지는 않고, 고급스럽고…… 뭐랄까 아주 고풍스러운? 그래! 고고한 존재라는 뜻으로 받아들이기로 했지. 그런데 네 녀석은 이름이 뭐야?"

코치는 얼떨결에 대답했다.

"코치……라고 해요, 코치."

"코치? 와, 정말 멋진 이름이네. 반가워!"

코치는 누군가에게 이름을 말하고 좋은 말을 듣기는 처음이었다.

"멋진 이름이라고요? 쳇, 놀리지 말아요. 가족들도, 친구들도 모두 날 눈치코치 없는 투덜이 코치라고 부르는걸요."

고물토끼는 크게 웃어 대기 시작했다.

"눈치코치 없는 코치? 으하하, 으하하하, 하하하하하!"

"그렇게 웃지 말아요! 우씨……."

코치는 기분이 나빠졌는지 가시를 뾰족하게 세웠다. 고물토끼는 애써 웃음을 참으며 물었다.

"오, 미안, 미안! 그런데 왜 눈치코치 없는 코치인데?"

"휴우……, 눈치가 없어서 말을 잘 못 알아듣기도 하고요. 매일매일 성질이 나거나 심통이 나는데, 그럴 때마다 가시들이 눈치코치 없이 아무 때나 뾰족뾰족하게 솟아오르거든요. 제 옆에 있다가는 누구든 뾰족 가시에

찔려 버릴걸요? 그러니까 고물토끼님도 조심하는 게 좋을 거예요……."

"으하하, 정말 웃기는 녀석이군. 그러고 보니 어제 주전자 밖에서 들리던 투덜투덜 목소리의 주인공이 바로 너였구나. 할배가 왜 네 녀석을 소개해 줬는지 알 것 같다."

"그래, 역시 자네야! 코치에게 자네가 꼭 필요해서 불러낸 거라고. 이제 어떻게 해야 하는지 알겠지?"

"할배는 이 고물토끼를 너무 잘 아신다니까요. 저한테 맡겨 두세요. 이 녀석이 잘 따라올 수 있을지는 모르겠지만요. 으흐! 무척이나 즐거운 시간이 될 것 같은데요?"

고물토끼는 고개를 획 돌려 코치를 쳐다보았다.

"코치라고 했지? 내가 네 녀석의 소원을 들어줄게. 음…… 알라딘에 나오는 램프의 요정 지니 알지? 난 지니처럼 무슨 소원이든 다 들어줄 수 있어! 하지만 내 주특기는 누군가를 행운아로 만들어 주는 일이지. 행운아 전문가 고물토끼!"

"네? 행운아요? 정말이요? 정말…… 행운아요?"

"그래! 행운아. 왜?"

"와…… 그게 바로 제 소원이에요. 전 정말 운이 없거든요. 이 세상에서 저만큼 운이 없는 녀석은 없을 거예요. 저는 꼭 엄청난 행운아가 되고 싶어요."

코치는 매일같이 일어났던 불만스러운 일들을 떠올리며 말했다. 그러자 고물토끼는 꽤 자신만만한 태도로 코치에게 물었다.

"그렇군! 좋아, 그럼 널 행운아로 만들어 주면 되는 거지?"

"네! 저 같은 아이도 행운아가 될 수 있을지는 모르겠지만요……."

고물토끼는 아무런 문제가 없다는 듯 미소를 지으며 어깨를 으쓱하더니 멜빵바지 어깨끈을 퉁! 튕겼다. 코치는 아무래도 고물토끼가 의심스럽다는 듯 슬쩍 할배나무를 쳐다보았다. 할배나무는 휘휘 바람을 따라 나뭇가지를 흔들며 말없이 미소 지을 뿐이었다. 코치는 갑자기 눈앞에 나타난 요상한 녀석이 하는 말을 믿을 수 없었다. 몇 백 년 전부터 살았다는 것도, 램프의 요정처럼 소원을 들어준다는 것도 모두 거짓말 같았다. 하지만 행운아가 되고 싶은 마음만은 굴뚝같았다. 그래서 이 요상한 토끼 녀석의 말이 진짜였으면 하는 생각도 들었다.

'흠, 나만 쏙쏙 피해 다니던 행운이, 친구들에게만 찾아가던 행운이 정말 나에게도 찾아올까?'

★　★　★　★

“고민하는 표정이 꽤 심각하네? 이봐, 코치! 행운아가 되는 건 문제 없어! 이 고물토끼님만 믿으라고. 넌 내가 주는 씨앗들을 잘 기르면서 내 말을 잘 듣고 따라오면 되는 거야.”

고물토끼는 멜빵바지 어깨끈을 앞으로 쭉 당기더니 바지 속에 얼굴을 처박고 한참 동안 무언가를 찾았다. 그러고는 코치에게 아주 작은 씨앗 열 개를 건네주었다.

“이게 무슨 씨앗이에요?”

그러자 고물토끼는 대답은 하지 않고 질문을 퍼붓기 시작했다.

“내가 누구지?”

“고물토끼님이요.”

“그래! 그럼 토끼인 내가 주는 씨앗은 무슨 씨앗이겠어?”

“토끼…… 씨앗?”

“어휴, 이런! 토끼 씨앗이 어디 있어? 그 씨앗을 심으면 나 같은 토끼가 자라기라도 한다니?”

“아…… 아뇨. 그럼 뭔데요.”

코치는 멀뚱한 눈으로 고물토끼를 쳐다보았다.

“바로 토끼풀 씨앗이야. 클로버라고 들어 봤지?”

“네. 그…… 네잎클로버? 그거 알아요. 그걸 가지면 행운이 온다고 친구들이 얘기하는 걸 들은 적이 있어요.”

“그래, 맞아. 예전에 나폴레옹 녀석은 네잎클로버를 꺾으려고 몸을 숙였다가 적군이 쏜 총알을 피했지. 그래서 네잎클로버가 행운을 가져온다는 소문이 널리 퍼지기도 했고 말이야! 그런데 넌 아무래도 나만큼이나 이상한 녀석인 것 같아. 엄청 멍청한 것 같다가도 가끔 요렇게 똘똘하기도 하니까, 큭큭.”

“멍청……? 똘똘……? 지금 날 놀리는 거예요, 칭찬하는 거예요?”

“흠…… 역시 눈치코치가 없군. 칭찬이라고 생각해, 칭찬! 그렇죠, 할배?”

옆에서 지켜보고 있던 할배나무는 코치와 고물토끼가 아웅다웅하는 모습이 꽤 재미있는 모양이었다. 고물토끼의 말에 그저 고개를 끄덕이며 웃기만 할 뿐이었다.

“클로버는 보통 잎이 세 장이야. 잎이 네 장 나오는 건 아주 드문 경우지. 클로버 잎에는 한 장, 한 장 의미가 담겨 있어. 한 장은 믿음, 한 장은 소망, 또 한 장은 사랑!”

그런데 고물토끼는 클로버에 대해 설명하다 말고 갑자기 자기 자랑을 하기 시작했다.

"사실 이 토끼풀은 날 끔찍이도 사랑했던 하늘의 신이 나를 생각하면서 만들어 준 식물이야. 그…… 성경에도 나오잖아? 믿음, 소망, 사랑! 그게 바로 이 토끼풀, 클로버에 담긴 의미랑 같은 말이라고."

코치도 슬쩍 아는 척을 해 보았다.

"그럼 클로버 잎이 네 장이 나오면, 네 번째 잎의 의미는 행운이죠?"

"오! 맞았어."

고물토끼는 기특하다는 듯 코치의 머리를 쓰다듬어 주었다. 그런데 고물토끼는 갑자기 뜬금없는 질문을 했다.

"그런데 왜 아직도 신기해하지 않지? 너, 내 이름이 뭐라고 했어?"

"이름……이요? 고물토끼요!"

코치는 자신만만하게 대답했다.

"그건 내 별명이라고 했잖아. 내 이름 말이야, 이름!"

코치는 머릿속이 텅 빈 같았다. 꽤 길었다는 것밖에는 생각이 안 났다.

"그게 잘…… 너무 빨리 말해서 기억할 수가 없었어요."

"그럴 줄 알았어. 잘 들어 봐. 내 이름은 '클로버 오스카로스 까르비뇨또'라고. 이래도 뭐 신기한 거 없어?"

"어! 클로……버? 클로버요! 토끼풀 이름이 고물토끼님 이름이라고요?"

"그래, 맞아. 이제야 알다니. 흠! 그런데 토끼풀 이름이 내 이름인 게 아니라, 내 이름이 토끼풀 이름이 된 거야. 하늘의 신이 나를 생각하면서 그 식물을 만들고 내 이름을 붙여 준 거라는 말씀! 어때, 멋지지?"

코치는 신기하기도 하고 믿을 수 없을 것 같기도 했다. 그럼 고물토끼는 대체 언제부터 살았다는 건지, 고물토끼의 나이조차 가늠할 수 없었다. 코치가 한참 복잡한 생각에 빠져 있을 즈음, 고물토끼가 말했다.

"그런데 오늘은 기분이 괜찮은가 봐? 등에 있는 가시가 솟아오르지 않은 걸 보니 말이야. 음, 부드러운걸?"

코치는 고물토끼가 자기를 어린아이 취급하는 것 같아 기분이 좋지 않았다. 하지만 고물토끼를 만난 후로, 가시가 한 번도 빳빳하게 솟아오르지 않은 것에 대해서는 코치도 신기한 눈치였다.

"자, 그럼 이제 이 클로버를 기르면서 행운의 비밀 법칙에 대해 알아보자고! 행운의 네잎클로버가 나오기를 기대하면서 말이야."

코치는 아직도 고물토끼가 하는 말이 진짜인지, 거짓말인지 알 수 없었다. 그래서 쉽게 대답을 하지 않았다. 그러자 고물토끼는 나지막한 목소리로 말했다.

“설마 아직도 이 고물토끼님을 의심하는 건 아니겠지? 내가 행운의 비밀 법칙을 다 가르쳐 줄 테니까 나만 믿고 따라오라고!”

코치는 고물토끼의 말을 들을수록 궁금한 것들이 점점 더 많이 생기기 시작했다.

‘행운의 비밀 법칙이라는 게 뭘까?’

행운에 ‘비밀 법칙’이 있다?

“아, 잠깐! 그리고 줄 게 하나 더 있어.”

고물토끼는 코치에게 잠깐 기다리라고 하더니 또다시 바지 속으로 얼굴을 들이밀고는 무언가를 찾기 시작했다. 아무리 기다려도 고물토끼가 얼굴을 내밀 생각을 하지 않자 코치는 할배나무에게 말했다.

“할배, 저 바지 안에는 도대체 무엇이 있는 걸까요?”

“허허, 요상해 보이는 게 당연하단다. 저 바지는 아주 신기한 바지라서 고물토끼의 세상인 아로로와 연결되지. 우리가 볼 때는 바지 속에 얼굴을 들이밀고 있는 것 같지만, 사실 고물토끼는 아로로에서 무언가를 찾고 있는 거란다.”

“아로로요? 고물토끼가 사는 별이에요? 그럼 외계인인가?”

“신기하지? 고물토끼 녀석에게는 또 다른 재주도 있단다. 고물토끼가 어떤 사물에 들어가면 그 안은 언제나 아로로와 이어지지. 그래서 항상 마음에 드는 물건에 들어가서 지내곤 하는데, 지난번에는 양철 주전자가 마음에 든다고 거기에 들어가 있던 거란다. 깡통 속이든 신발 속이든 들어가고 싶으면 아무 곳에나 들어가는 거지."

"아무 곳에나 들어가도 아로로가 된다고요?"

코치는 무척 신기해하며 정신없이 무언가를 찾는 고물토끼를 쳐다보았다.

"그래, 차근차근 고물토끼와 친해지면 더 재미있는 이야기를 많이 들을 수 있을 거란다."

코치는 고물토끼가 알면 알수록 요상한 녀석이라는 생각이 들었다. 그렇게 얼마나 기다렸을까? 한참이 지난 후에 고물토끼가 바지 속에서 얼굴을 내밀었다.

"휴! 겨우 찾았네. 정리를 안 한 지 너무 오래돼서 말이야. 기다리느라 고생했어."

코치는 고물토끼에게 아로로는 어떤 곳인지, 바지 안을 구경할 수는 없는지 물어보고 싶었다. 하지만 곧 고물토끼의 손에 들려 있는 물건에 정신을 빼앗기고 말았다.

"자, 이걸 받도록 해! 내가 주는 두 번째 선물이야."

고물토끼가 코치에게 준 것은 무척이나 낡은 공책이었다.

겉장은 낡은 가죽으로 되어 있었는데, 얼마나 오래되었는지 너덜너덜해서 공책을 겨우 감싸고 있었다. 공책을 두 번 둘둘 휘감고 있는 끈이 없었다면 겉장과 공책 알맹이는 이미 따로따로 돌아다니고 있을 것 같았다. 코치가 낡은 공책을 이리저리 보며 고물토끼에게 물었다.

"무슨 공책인데 이렇게 낡았어요? 고물토끼라서 그런지 주전자도 고물이고 공책도 고물이네요?"

"고물이라니! 하긴…… 내가 이걸 만든 지도 오천 년이 다 됐으니 좀 낡기는 했지만, 이게 바로 행운의 노트라고!"

"우와, 오천 년이요? 행운의 노트요?"

"그래! 이 안에 클로버를 키우면서 행운의 비밀 법칙을 알아 가는 비법이 들어 있단 말이야. 그런데 이런 식으로 날 무시하고 우습게 보면 비밀 법칙을 안 가르쳐 주는 수가 있어!"

고물토끼는 토라진 듯 퉁명스럽게 말했다.

"왜 그래요……, 삐친 거예요? 네?"

고물토끼는 그런 코치를 째려보더니 할배나무에게 가까이 가 속닥속닥 귓속말을 했다. 그러고는 다시 슬금슬금 코치에게 다가왔다.

"너, 할배가 못된 녀석은 아니라고 하니까 이번 한 번만 봐주는 거야.

앞으로는 이 고물토끼님을 놀리면 안 돼! 알겠어?”

“제가 놀려서 화났던 거예요? 죄송해요, 몰랐어요.”

고물토끼는 그렇게 씩씩거리며 코치의 다짐을 받아 냈다. 그리고 머리를 긁적이며 어쩔 줄 몰라 하는 코치를 보며 ‘눈치코치가 없긴 없구나’ 하고 생각했다.

“그럼 이제 이 행운의 노트를 보면 되는 거죠?”

코치가 막 행운의 노트를 열어 보려고 하는 순간! 고물토끼가 행운의 노트를 들고 있는 코치의 두 손을 꼭 잡으며 말했다.

“약속해! 이 노트에 적힌 대로 하겠다고 말이야.”

코치는 너무나 단호하게 말하는 고물토끼의 말에 놀랐다. 하지만 곧 코치도 고물토끼만큼이나 단호하게 대답했다.

“알겠어요. 해 볼게요. 행운아가 될 수 있다면요.”

★　★　★　★

어느새 할배언덕 뒤로 뉘엿뉘엿 해가 지고 있었다.

“저는 이만 집에 가야 할 것 같아요. 행운의 노트를 당장 펼쳐 보고 싶지만 시간이 너무 늦었어요. 내일 또 올게요. 할배! 고물토끼님!

그럼 내일 또 만나요!"

그러자 고물토끼가 황당한 얼굴로 말했다.

"뭐? 잠깐, 잠깐! 어딜 혼자 가겠다는 거야?"

"집이요, 집에 간다고요."

"할배! 이 녀석 아직도 상황 파악이 안 되나 봐요! 아무리 눈치코치 없는 녀석이라고 했지만 이 정도일 줄이야."

그러자 할배나무는 껄껄 소리 내어 웃고는 다정한 목소리로 코치에게 말했다.

"코치야, 오늘 고물토끼와 이렇게 인연이 되어 만났으니 이제부터는 고물토끼와 함께 가야 한단다. 네가 행운아가 될 때까지 말이야. 그럴 수 있겠지?"

"아…… 그런 거였구나."

코치는 어쩔 수 없이 고물토끼의 양철 주전자를 손에 들었다. 코치가 할배언덕을 막 내려오는데, 주전자 안에 들어가 있던 고물토끼가 주전자 주둥이로 삐죽 얼굴을 내밀며 말을 걸었다.

"그런데 아무래도 약속을 받아 내야겠어."

"무슨 약속이요?"

"네가 눈치 빠른 녀석이었으면 이런 말까지는 안 했을 텐데, 네 녀석이 워낙 눈치코치가 없어서 어쩔 수 없이 말해 주는 거야."

언제는 좋은 이름이라고 하더니, 이제는 이름을 가지고 자꾸만 놀리는 고물토끼에게 코치는 버럭 소리쳤다.

"쳇, 뭔데요? 빨리 말해 봐요. 안 그러면 안 지킬지도 몰라요!"

고물토끼는 코치의 몸에 있는 가시가 살짝 솟아나려고 하는 것을 보고는 구시렁대며 말을 이었다.

"넌 언제나 날 데리고 다녀야 해. 내가 주전자에 있으면 주전자를 들고 다니고, 내가 깡통에 있으면 깡통을 들고 다니면 되는 거야. 난 다른 친구들 눈에는 안 보일 거야. 그러니까 날 너무 신경 쓸 필요는 없어. 알겠지?"

코치는 매일같이 이 시끄러운 녀석을 데리고 다닐 생각을 하니 엄청 귀찮을 것 같았다. 하지만 고물토끼를 믿어 보기로 했으니 약속은 지켜야 할 것 같아서 그러겠다고 대답했다.

"휴, 알겠어요. 데리고 다닐게요. 이제 됐죠?"

그러고는 혼잣말로 중얼중얼 볼멘소리를 했다.

"귀찮은 일만 생기는 거 아냐?"

"그렇게 투덜거릴 건 없잖아. 행운아로 만들어 준다는데 말이야! 아무튼 약속한 거야. 어디 지켜보겠어! 그럼, 나는 이만 들어가서 좀 잘

게. 오랜만에 아로로 밖으로 나와서 한참을 떠들었더니 좀 피곤해. 내일 또 만나자고!”

코치의 억지 섞인 약속을 받아 낸 고물토끼는 이제야 안심한 듯 인사를 하고는 다시 양철 주전자 안으로 쏙 들어갔다. 코치는 너무나 신기해서 주전자를 이리저리 살펴보고, 주전자 주둥이로 안을 들여다보았다. 혹시 누가 보지는 않았을까 주변을 둘러보기도 했지만 아무도 코치와 주전자를 신경 쓰지 않았다. 코치는 집에 도착해 자기 방으로 들어갔다. 그러다 문득 고물토끼가 준 행운의 노트가 생각이 났다.

“그럼 이제 행운의 노트를 열어 볼까?”

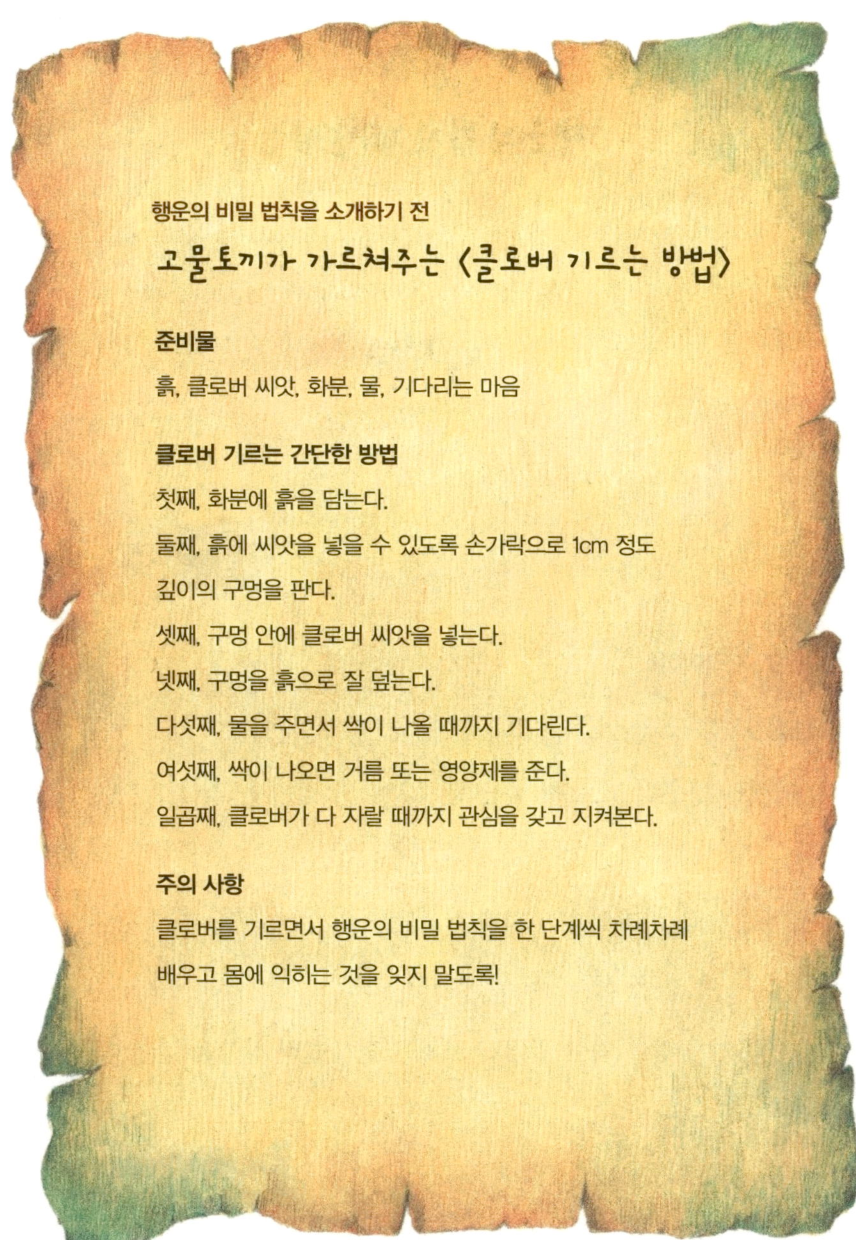

행운의 비밀 법칙을 소개하기 전

고물토끼가 가르쳐주는 〈클로버 기르는 방법〉

준비물

흙, 클로버 씨앗, 화분, 물, 기다리는 마음

클로버 기르는 간단한 방법

첫째, 화분에 흙을 담는다.

둘째, 흙에 씨앗을 넣을 수 있도록 손가락으로 1cm 정도

깊이의 구멍을 판다.

셋째, 구멍 안에 클로버 씨앗을 넣는다.

넷째, 구멍을 흙으로 잘 덮는다.

다섯째, 물을 주면서 싹이 나올 때까지 기다린다.

여섯째, 싹이 나오면 거름 또는 영양제를 준다.

일곱째, 클로버가 다 자랄 때까지 관심을 갖고 지켜본다.

주의 사항

클로버를 기르면서 행운의 비밀 법칙을 한 단계씩 차례차례

배우고 몸에 익히는 것을 잊지 말도록!

02

행운의 법칙 제1단계

으악, 또 지각이야!

다음날 아침, 코치는 창문으로 들어오는 따스한 햇살에 눈을 번쩍 떴다. 어젯밤 행운의 노트 첫 장을 펼쳐 보다가 잠이 든 것 같았다.

"하아아아암…… 졸려……. 몇 시지?"

코치는 눈을 비비적대며 시계를 보았다.

"아…… 아, 아홉 시? 으악!"

늘어지게 늦잠을 자고 일어난 코치는 헐레벌떡 방문을 걷어차고 나갔다.

"엄마! 엄마아아아~~!"

코치는 잔뜩 짜증이 섞인 말투로 엄마를 불러 댔다.

"엄마! 지각이에요, 지각! 늦었다고요."

"그럼 지각이지! 이제 일어나면 어떻게 해!"

짜증을 내는 코치를 보며 엄마는 오히려 더 혼을 냈다.

"아까 그렇게 깨워도 안 일어나더니! 매일 지각이나 해서 되겠니? 숙제는 다 했어? 내가 정말 너 때문에 못살겠다. 어서 씻고 나와, 어서!"

"못 들었단 말이에요! 으으 잔소리, 잔소리!"

버럭 성질을 낸 코치는 문을 쾅! 닫고 화장실로 들어갔다. 후다닥 씻고 나온 코치는 쿵쾅쿵쾅 뛰어다니면서 옷을 입고 가방을 챙겼다.

"엇, 준비물! 오늘 준비물이 뭐였더라? 아! 색깔 찰흙!"

코치는 부랴부랴 방으로 들어갔다. 책상 위도 찾아보고 서랍도 열어 보았다. 하지만 색깔 찰흙은 어디에도 보이지 않았다. 색깔 찰흙을 찾아 온 집 안을 돌아다니던 코치가 동생 포포의 방문을 열었다. 그 순간! 코치는 가시가 뾰족해지다 못해 온몸이 밤송이가 되는 것 같았다. 포포가 코치의 색깔 찰흙을 방 안에 붙이며 놀고 있었던 것이다.

"포포, 너! 내 준비물로 뭘 하고 있는 거야!"

우당탕탕…… 픽!

"으아아아앙~~~!"

결국 코치는 포포를 울리고 집 안을 완전히 뒤집어 놓았다. 그러고는 부랴부랴 학교로 뛰어갔다. 잔뜩 심술이 난 얼굴로 온갖 짜증과 투덜대는 말을 쏟아 내면서! 코치는 땀을 뻘뻘 흘리며 학교에 도착했지만 이미 친구들은 모두 학교에 와 있었다. 코치는 뒷문으로 빼꼼 고개를 들이밀고는 살금살금 교실로 들어갔다.

"코치! 또 지각이니? 어떻게 하루도 일찍 오는 날이 없니?"

예상대로 코치는 선생님께 한참 동안 혼이 나야 했다. 그럴 만도 한 것이 코치는 요즘 하루도 빠짐없이 지각을 하고 있었다. 코치는 선생님께 실컷 혼이 나면서 친구들 앞에서 창피를 당했고, 축 처진 어깨를 하고는 터벅터벅 자리로 가서 앉았다. 좋아하는 티티가 옆에서 실망스러운 눈으로 쳐다보고 있는 것 같아 고개를 들 수 없었다. 그런데 그 순간! 코치의 머릿속으로 로켓처럼 슝~ 지나가는 생각이 있었다.

'고 · 물 · 토 · 끼!'

아침에 집에서 정신없이 나오느라 고물토끼가 자고 있는 양철 주전자를 챙겨 나오는 걸 깜빡한 것이다. 꼭 데리고 다니겠다고 약속까지 했는데⋯⋯. 코치는 안절부절못하며 수업이 끝나기만을 기다렸다. 그리고 학교 종이 땡! 치자마자 코치는 뒤도 돌아보지 않고 집으로 향했다. 다른 날 같으면 티티가 나올 때까지 기다렸다가 같이 가려고 했을 텐데, 오늘만은 고물토끼 때문에 그럴 시간이 없었다. 코치는 헐레벌떡 뛰어서 단숨에 집에 도착했다. 그리고 방문을 벌컥! 여는 순간, 코치는 새빨간 눈으로 자신을 노려보는 고물토끼와 딱 마주쳐 꼼짝도 할 수 없었다. 방으로 들어가면 엄청난 잔소리가 시작될 게 뻔했고, 그렇다고 그 길로 문을 닫고 할배나무에게로 도망칠 수도 없는 노릇이었다.

"이제 오셨어요, 코치님?"

고물토끼는 당장 잡아먹을 것 같은 눈을 하고서 나지막한 목소리로 입을 열었다.

"어서 할배언덕으로 가시죠? 난 할배 앞에서 이야기를 계속하고 싶군요!"

"왜 갑자기 말을 이상하게 하고 그래요……. 어제는 존댓말 안 하셨잖아요……."

코치가 눈치를 보며 말하자 단단히 화가 난 고물토끼는 다시 쌩~ 양철 주전자 안으로 들어가 버렸다. 코치는 조심조심 방 안으로 들어가 양철 주전자를 챙겨 들었다. 그러고는 땅바닥에 닿을 만큼 축 처진 어깨를 하고서 할배언덕으로 향했다.

코치
Room

★　★　★　★

　꼬이고 또 꼬이고! 늦잠 자고, 엄마한테 신 나게 잔소리 듣고, 학교에서 선생님께 혼나고, 티티 앞에서 창피까지 당하고, 게다가 고물토끼를 잊어버리는 실수까지 하다니……. 덕분에 코치의 기분은 하루 종일 엉망이었다. 할배나무를 보는 순간, 코치는 울음이 터질 것 같았다. 그 마음을 아는지 모르는지, 고물토끼는 할배나무를 보자마자 실컷 코치 흉을 늘어놓기 시작했다. 단단히 화난 것 같던 얼굴은 어디로 가고, 아주 신이 나서 조잘대는 것처럼 보였다. 코치는 그런 고물토끼가 너무 얄미웠다.

　"할배! 내가 예상을 못 한 건 아니지만, 저 녀석 너무한 것 아니에요? 바로 어제 약속했는데 어떻게 하루도 안 돼서 까맣게 잊어버릴 수 있냐고요."

　할배나무는 허허 웃으며 고물토끼를 다독였다.

　"자네가 이해하게나. 코치가 일부러 그런 게 아니란 걸 자네가 제일 잘 알지 않나? 그러니 그만 화 풀고 본격적으로 재미있는 작업을 시작해 봐야지. 어서!"

　고물토끼를 잘 타이른 할배나무는 저만치에서 이러지도 저러지도 못하고 서 있는 코치에게 손짓했다.

"코치야, 이리 오려무나. 오늘도 속상한 하루를 보냈다고? 괜찮다. 그런 날도 있고 저런 날도 있는 게지. 어서 이리 와서 마음 풀고 고물토끼랑 화해하렴. 고물토끼가 중요하게 해 줄 말도 있는 모양이야."

코치는 할배나무의 따뜻한 목소리에 쭈뼛거리며 할배나무와 고물토끼 가까이로 다가왔다. 고물토끼는 아직도 화가 덜 풀린 듯 삐죽대며 앉아 있었다. 코치는 무슨 말을 해야 할지 몰라 우물쭈물했다.

"그게……일부러 그런 건 아니고……아침에 늦잠을 자는 바람에……."

코치는 다리를 배배 꼬고 머리를 긁적이면서 우물우물 말했다. 그런데 코치의 말이 끝나기도 전에 고물토끼가 끼어들었다.

"알겠어. 네가 왜 그런지는 너도 모를 거야. 난 알고 있지만 말이야. 그렇죠, 할배? 하하하."

갑자기 웃음을 터뜨리며 말하는 고물토끼를 보고 코치는 어리둥절했다. 고물토끼는 다시 고개를 돌려 계속해서 코치에게 말했다.

"그런데 말이야. 이럴 때는 미안하다고 말하는 게 먼저야. 일부러 그런 건 아니지만 네가 실수한 것은 맞잖아. 미안하다고 사과부터 해야 내 화가 풀리지 않겠어?"

“미…… 미안…… 해요…….”

코치는 평소에 미안하다는 말을 잘 하지 않았던 터라 아주 어색한 말투로 사과했다. 그런 코치를 보며 고물토끼는 씨익 미소를 지었다.

“그래, 잘했어. 사실 난 그렇게 화가 나지는 않았어. 난 네가 오늘 같은 실수를 하리라 이미 예상하고 있었거든. 하지만 내가 이렇게 하지 않으면, 네가 오늘 일을 금세 잊어버리고 또 같은 실수를 할까 봐 연기를 좀 한 거야. 어때, 내 연기 실력? 할배, 저 잘했죠? 연기 실력이 나날이 좋아진다니까요.”

코치는 고물토끼가 생각지도 못한 태도를 보이자 또다시 어찌할 바를 몰랐다. 그리고 대체 어떻게 자신이 실수할 거라고 예상한 건지도 이해할 수 없었다. 코치가 그렇게 어리둥절해하고 있는 사이, 고물토끼와 할배나무는 빙긋 웃고 있을 뿐이었다. 코치는 자기만 모르는 무언가가 있다는 생각이 들었다.

“코치! 네가 왜 오늘처럼 매일매일 늦잠 자고 지각하는 줄 알아?”

뜬금없는 고물토끼의 질문에 코치는 쉽게 대답을 할 수 없었다.

“글쎄요……. 뭐, 아침에 잘 못 일어나서 그런 것 같은데…….”

그런 코치에게 고물토끼는 모르는 것이 당연하다며 어제 준 행운의 노트 1단계를 읽어 보라고 했다.

“행운의 노트는 집에…… 있어요. 아까 주전자만 들고 나와서…….”

“그것도 알고 있었지! 할배, 오늘은 이만 내려가야 할 것 같죠? 이 녀석 오늘 할 일이 많잖아요. 어서 가자고, 코치!”

고물토끼와 코치는 그렇게 할배나무와 인사를 한 뒤, 다시 집으로 돌아왔다. 그리고 코치는 행운의 노트를 펼쳐 1단계를 읽기 시작했다.

1단계 : 흙의 비밀

숨겨진 마음과 친해지기

나와 함께 클로버를 기르면서 행운의 비밀 법칙을 알아보기로 한 친구! 나의 대단한 행운의 노트를 읽게 된 것을 굉장한 행운이라고 생각하기 바란다.

앞으로 1단계부터 7단계까지 한 단계씩 올라가면서 클로버를 기르고, 행운의 비밀 법칙을 찾아볼 것이다. 아주 쉬운 방법들이니 중간에 포기하지 말고 잘 따라오도록!

1단계는 가장 기본이 되는 단계이다. 클로버 씨앗을 심을 흙에 대해 알아보는 것이다. 씨앗을 심을 흙에는, 화분 밖으로 보이는 흙과 화분 안에 있어 보이지 않는 흙이 있다. 이것이 흙의 비밀이다.

네 마음에도 그런 비밀이 있다. 네 마음에는 네가 알고 있는 마음과 네가 모르고 있는 마음이 있다. 흙의 비밀을 알고, 네 안의 숨겨진 마음과 친해지기 바란다. 그리고 그 안에서 네 속에 있는 '너'에 대해 잘 알아가도록! 이상, 1단계 끝!

– 잘생기고 멋진 고물토끼님이 씀

행운아를 향한 첫 발걸음

코치가 행운의 노트 1단계를 다 읽고 고개를 들자, 고물토끼는 짧은 다리를 꼬고 앉아 있었다.

"그 거만한 포즈는 뭐예요? 꼭 잘난 척쟁이 랑코 같아요. 랑코는 달리기에서 일등을 하면 꼭 그렇게 잘난 척을 해요."

코치는 이제야 조금 기분이 풀린 듯했다.

"뭐야, 이 고물토끼님의 노트 첫 장을 읽고 난 첫마디가 고작 그거야?"

"클로버를 심으라는데 뭐 알 수 없는 소리만 잔뜩 쓰여 있어요. 행운이랑은 상관없는 이야기 같기도 하고……. 아, 모르겠어요."

고물토끼는 어쩔 수 없다는 듯 고개를 절레절레 흔들었다. 사실 고물토끼는 자기가 만든 행운의 노트가 얼마나 대단한 것인지 코치가 알아주었으면 했던 것이다.

"흠, 어쩔 수 없군. 네가 눈치코치 없는 녀석이라는 걸 내가 잊고 있었어. 너한테 너무 큰 걸 바란 것 같아. 행운의 노트 이야기나 해 볼까?"

코치는 고물토끼가 또 무슨 트집을 잡지 않을까 했는데 다행히 잘 넘어가는구나 싶어 마음이 놓였다.

"후유……."

그러고는 자기도 모르게 한숨이 나왔다. 그런데 고물토끼가 그 소리를 듣고는 말했다.

"왜 한숨을 쉬는 거야? 뭐가 마음에 안 드는 거야?"

코치는 깜짝 놀라며 둘러댔다.

"아니, 아니에요. 그냥이요. 그냥 숨을 조금 세게 쉰 것뿐이에요."

"아니야, 그냥이라는 건 없어. 네 숨겨진 마음에서 한숨이 나온 거야."

고물토끼의 말에 코치는 조금 억울하다는 생각이 들었다. 그리고 숨겨진 마음이라는 것이 무엇인지도 전혀 알 수 없었다.

"흠…… 무슨 말인지 못 알아듣고 있는 표정이군! 그럴 줄 알았지. 눈으로 보고 몸으로 느껴 봐야 조금 알겠지?"

중얼중얼 다 들리는 혼잣말을 하던 고물토끼는 코치에게 말했다.

"그럼 우리 나가서 클로버 씨앗을 심을 흙을 준비해 볼까? 우리의 첫 작업을 시작해야지! 눈치코치 없는 투덜이 코치의 행운아 되기 프로젝트! 어서!"

★ ★ ★ ★

"와, 여기 흙이 정말 많네. 화분도 가져왔네?"

"네. 엄마한테 씨앗 심을 흙을 달라고 하니까 화분도 같이 주시던데요."

“좋아, 그럼 이제 화분에 흙을 잘 담아 보자.”

코치는 고물토끼의 말대로 조심스레 화분에 흙을 담았다.

“이렇게 하면 되죠?”

그러고는 자랑스레 고물토끼 앞에 흙을 담은 화분을 내밀었다.

“응, 그럼 이제 아까 행운의 노트에서 본 흙의 비밀을 설명해 봐.”

갑작스러운 고물토끼의 질문에 코치는 어찌할 바를 몰랐다.

“흠…… 그래, 이렇게 대단한 비밀을 쉽게 알아내긴 힘들겠지. 그러고 보면 이 비밀을 알아낸 난 정말 멋진 것 같아.”

고물토끼는 또 자기 자랑을 하더니 겨우 흙에 대한 비밀 이야기를 시작했다.

“잘 들어 봐. 화분 안에 흙이 있지?”

“네.”

“그런데 화분에 있는 흙을 다 볼 수 있어?”

“아니요, 요기 위에 있는 흙만 볼 수 있죠.”

“그래, 맞아. 맨 위에 있는 흙 아래는 볼 수 없지. 그렇다고 해서 그 속에 흙이 없는 건가?”

“아니요. 이 화분 안에는 흙이 있는걸요.”

“자, 그럼 지금 이야기한 흙의 비밀로 숨겨진 마음에 대해 말해 봐.”

그러자 코치는 조심스럽게 말을 하기 시작했다.

"음…… 우리 눈에 보이는 흙과 보이지 않는 흙이 있는 것처럼…… 우리 마음에도 보이는 마음과…… 보이지 않는 마음이 있다…… 뭐 그런 건가요? 아…… 잘 모르겠어요."

코치는 들릴락 말락한 목소리로 이야기했다. 그런데 고물토끼가 박수를 쳤다.

"우와, 너 생각보다 똘똘하구나! 기대 이상인걸! 으하하."

코치는 칭찬을 들으니 뭘 잘했는지는 몰라도 기분이 좋았다.

"잘 들어 봐. 네 마음에는 네가 아는 마음과 네가 모르는 마음이 있어. 네가 모르는 마음이 네가 아는 마음보다 훨씬 크지. 그래서 더 중요해. 보이는 흙보다 보이지 않는 흙이 많은 것처럼 마음도 숨겨진 마음이 훨씬 많아서 네 생각이나 행동에 큰 영향을 주지. 어른들은 이 숨겨진 마음을 무의식이라고 해."

코치는 고물토끼가 무슨 이야기를 하는지 가만히 듣고 있었다.

"숨겨진 마음이 좋은 마음이면 네 생각이나 행동도 좋게 나타날 거야. 당연히 숨겨진 마음이 나쁘면 네 생각이나 행동도 나쁘게 나타나겠지! 네가 오늘처럼 매일 늦잠 자고 학교에 지각하는 것도, 엄마한테 매일 혼나고 동생을 괴롭히는 것도, 다 네가 모르는 너의 숨겨진 마음 때문이라는 거야. 오늘 네가 날 잊어버리고 놓고 간 것도 그냥 일어난 일은 아니라는 말씀! 네 숨겨진 마음을 알면 그런 일들도 해결할 수 있지! 어때, 좀 알아듣겠어?”

고물토끼의 말은 알아들을 것 같으면서도 이해하기 어려웠다.

“아직도 잘 모르겠다는 표정이군, 음……. 너 흙을 준비할 때 아무 흙이나 골랐어? 이 흙, 운동장에서 아무렇게나 퍼온 흙이냐고.”

“아뇨! 엄마한테 물어봐서 식물이 잘 자랄 수 있다는 좋은 흙으로 고른 거예요.”

코치는 이번만큼은 어깨를 쫙 펴고 자신 있게 말했다.

“그래, 좋은 흙에 심어야 클로버도 잘 자라지. 그런데 아까 말했지. 마음은 흙이랑 같은 거라고. 간단히 말해서 좋은 마음을 가져야 행운을 얻을 수 있다는 거야. 지금 네 숨겨진 마음을 알고, 좋은 마음을 갖는 거지! 어때?”

고물토끼의 이야기를 듣고 있던 코치는 가만히 혼자 중얼거렸다.

“좋은 마음을 가져야 행운을 얻을 수 있다고?”

행운 다이어리와의 첫 만남

“그런데 좋은 마음은 어떻게 하면 가질 수 있어요? 고물토끼님도 잘 알겠지만, 제가 엄청 투덜대는 투덜이에, 성질도 잘 부리고……. 아무튼 좋은 마음을 가진 애는 아니잖아요. 그럼 저는 어떻게 해요?”

코치가 실망스러운 얼굴로 묻자 고물토끼가 말했다.

“물론 지금 네 녀석의 숨겨진 마음은 좋은 흙이 아니야. 하지만 나랑 같이 행운 다이어리를 열심히 쓰고 약속을 잘 지키다 보면 아마 네 숨겨진 마음이 놀랄 만큼 달라지는 걸 느낄 수 있을 거야.”

고물토끼는 어깨끈을 통 튕기며 잘난 척을 하고는 바지 안에서 네 잎클로버 모양의 다이어리 한 권을 찾아 주었다. 코치는 눈이 휘둥그레졌다.

“행운 다이어리요? 어휴, 제가 이걸 할 수 있을까요? 여기를 다 채워야 하는 거잖아요. 윽…… 말도 안 돼.”

“뭐야, 하기 싫다는 거야?”

“아, 아니요…….”

“진작 그럴 것이지. 지금은 억지로 써야 하니까 힘들겠지만 머지않아 너 스스로 다이어리를 써 나가면서 즐거워하게 될 거야. 자, 그럼 오늘은 행운 다이어리의 첫 장을 채워 봐! 난 네가 행운 다이어리 쓰는 시간이 가장 좋아. 왜냐, 네가 다이어리를 쓰느라 고민하는 동안 나는 낮잠을 잘 수 있잖아! 나처럼 잘생긴 녀석들은 잠이 많거든. 미남은 잠꾸러기라는 말 들어 봤어? 크크."

고물토끼는 꽤나 즐거운 듯 웃으며 계속해서 말했다.

"그럼 여기서 질문! 넌 행운아가 되면 뭘 하고 싶어?"

"글쎄요……. 잘 모르겠어요."

"그래, 잘 모르겠지? 앞으로 갈 길이 멀었다는 뜻이기도 하지."

사실 코치는 커서 무언가를 하고 싶다는 생각을 해 본 적이 없었다.

"첫 번째 행운 다이어리는 네가 네 안의 진짜 너와 친해지도록 도와줄 거야. 네가 행운아가 되어서 무엇을 하고 싶은지, 진짜 너와 친해지면서 생각해 봐."

"치…… 그런 걸 꼭 해야 해요?"

코치는 한 번도 생각해 보지 않은 것을 하려니 막막했다.

"앞으로 하고 싶은 것도 없는데 행운아는 되어서 뭘 하겠어? 아무렇게나 살면 되지. 네가 말은 그렇게 해도 뭔가 하고 싶은 게 있으니까 행운아가 되고 싶은 거야. 그러니까 진짜 너를 알고 친해지라는 말이지. 뭐, 이런 중요한 말은 적어야 하지 않겠어?"

코치는 행운 다이어리를 펼쳐 받아 적기 시작했다.

"진짜 나를 알고 친해져라."

★ ★ ★ ★

"그런데 제가…… 어휴…….."

코치는 행운 다이어리를 어떻게 써야 할지 아득했다.

"걱정할 것 없어. 네가 좋아하는 게 뭔지, 앞으로 하고 싶은 게 뭔지 생각해 보는 것부터 시작하면 돼! 행운의 비밀 법칙 1단계에서 배웠던 숨겨진 마음을 잘 이용해 보는 것도 좋아."

"숨겨진 마음을 잘 이용하라고요?"

"그래, 너의 숨겨진 마음이 네 안의 진짜 네가 갖는 마음이거든. 그럼 네가 앞으로 행운아가 되어서 무엇을 하고 싶은지 생각날 수도 있어. 숨겨진 마음이 하는 이야기를 잘 들어 봐. 숨겨진 마음은 잠들기 직전 이나, 잠에서 깨고 난 바로 다음에 가장 잘 떠오르지."

코치는 고물토끼의 말이 마냥 신기하기만 했다.

"이건 내가 너한테 특별히 해 주는 유명한 인물 이야기인데 말이야! 예전에 에디슨 녀석에게 이 방법을 이야기해 줬더니 잠드는 순간에 엄청난 생각들을 떠올리더라고. 그러더니 수많은 발명품을 만들어 내고 훌륭한 과학자가 되더군! 결국 위대한 발명가 에디슨을 키운 것도 이 고물토끼님이라는 말씀이지!"

고물토끼는 에디슨을 떠올리며 이야기하는 것이 무척 신이 나 보였다. 하지만 코치는 고물토끼가 어떻게 에디슨을 키웠다는 것인지 이해할 수 없었다.

"언제까지 그러고 있을 생각이야? 첫 번째 행운 다이어리는 일주일 동안 써 보는 거야. 알겠지? 그럼 난 이만!"

고물토끼는 휘리릭 주전자 안으로 들어가 버렸다. 이제 낮잠을 자겠다는 뜻이었다.

"어떻게 해야 하는지 하나도 모르겠는데…… 첫."

코치는 투덜대며 애꿎은 주전자에게 꿀밤을 한 대 쥐어박았다. '내가 정말로 행운아가 될 수 있을까' 하는 생각이 계속 머릿속을 맴돌았다.

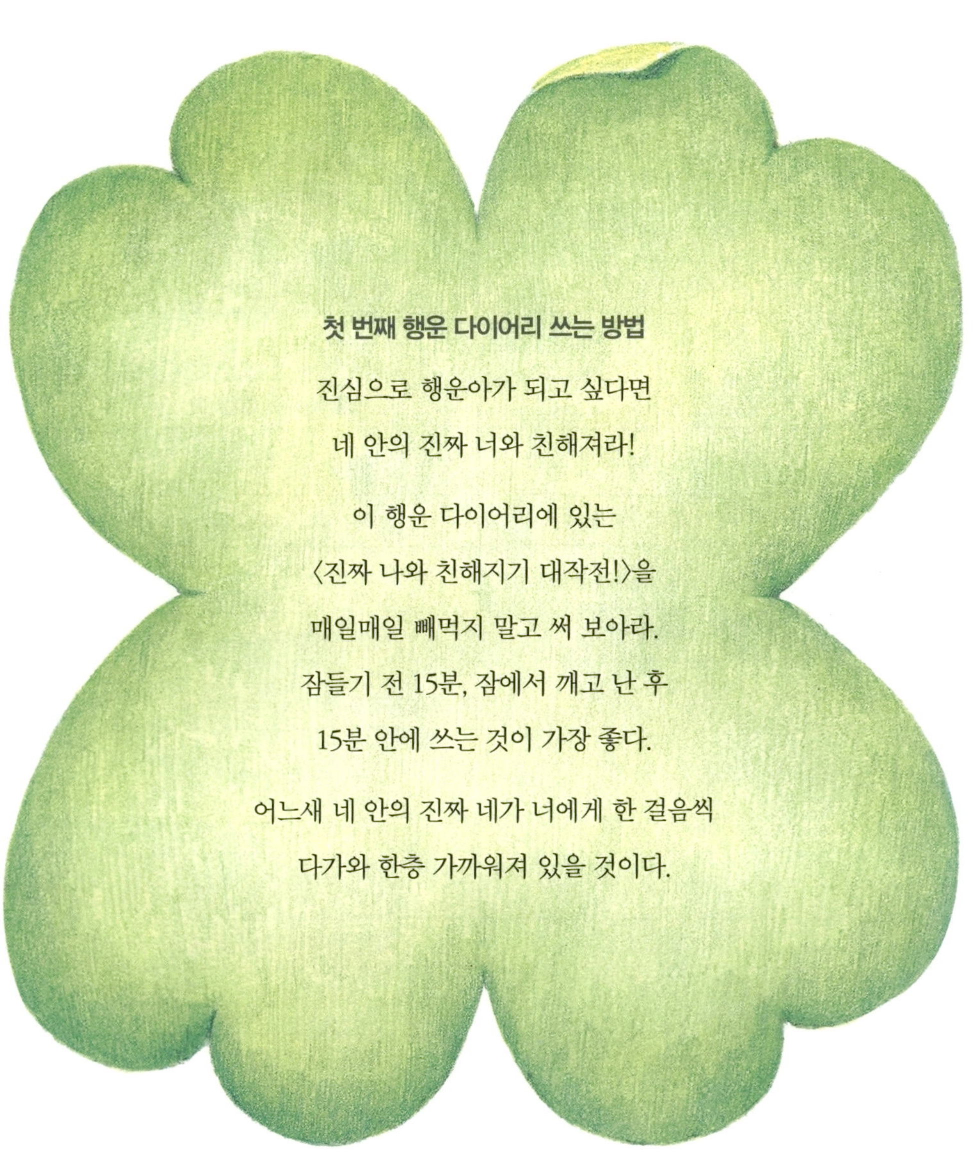

첫 번째 행운 다이어리 쓰는 방법

진심으로 행운아가 되고 싶다면
네 안의 진짜 너와 친해져라!

이 행운 다이어리에 있는
〈진짜 나와 친해지기 대작전!〉을
매일매일 빼먹지 말고 써 보아라.
잠들기 전 15분, 잠에서 깨고 난 후
15분 안에 쓰는 것이 가장 좋다.

어느새 네 안의 진짜 네가 너에게 한 걸음씩
다가와 한층 가까워져 있을 것이다.

진짜 나와 친해지기 대작전!

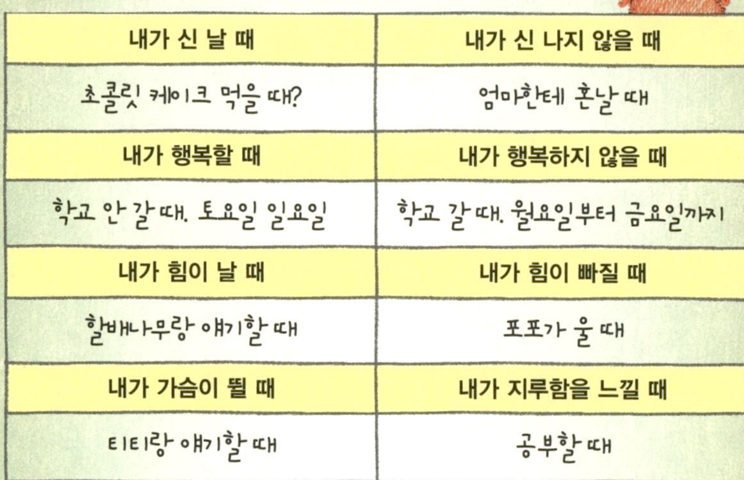

10월 8일 금요일

내가 신 날 때	내가 신 나지 않을 때
초콜릿 케이크 먹을 때?	엄마한테 혼날 때
내가 행복할 때	내가 행복하지 않을 때
학교 안 갈때. 토요일 일요일	학교 갈때. 월요일부터 금요일까지
내가 힘이 날 때	내가 힘이 빠질 때
할배나무랑 얘기할 때	포포가 울 때
내가 가슴이 뛸 때	내가 지루함을 느낄 때
티티랑 얘기할 때	공부할 때

10월 9일 토요일

내가 신 날 때	내가 신 나지 않을 때
가끔 친구들이랑 같이 놀 때	엄마한테 혼날 때
내가 행복할 때	내가 행복하지 않을 때
학교 안 갈때	억지로 공부할때
내가 힘이 날 때	내가 힘이 빠질 때
할배나무랑 얘기할 때	친구들이 싫어할때
내가 가슴이 뛸 때	내가 지루함을 느낄 때
티티랑 같이 집에 갈때	억지로 공부할때

진짜 나와 친해지기 대작전!

진짜 코치가 원하는 것

행운 다이어리를 쓰는 것은 예상했던 대로 쉽지 않았다. 하지만 코치는 어떻게든 잘 써 보려고 노력했다. 코치가 행운 다이어리를 쓰기 시작한 지 3일째 되던 날 저녁, 잠을 자려고 하는데 고물토끼가 슬쩍 코치에게 물었다.

"코치! 오늘도 행운 다이어리 썼어?"

"아차차! 깜빡……."

코치는 무척 당황해하면서 허겁지겁 행운 다이어리를 챙겨 들었다.

"그럴 줄 알았어! 첫 번째 날이랑 두 번째 날은 잘 쓰는 것 같더니. 너 이런 말 알아? 작심삼일! 그런데 넌 작심이일이야!"

"됐어요! 다시 열심히 하면 돼요. 흥!"

잔뜩 약이 오른 코치는 다시 마음을 다잡고 고물토끼에게 본때를 보여 주겠다고 마음먹었다. 그리고 약속한 일주일 동안 행운 다이어리를 겨우겨우 다 채웠다. 드디어 일주일이 되던 금요일, 코치는 학교가 끝나자마자 할배언덕으로 올라갔다. 할배나무에게 자랑을 하고 싶었던 것이다. 코치가 할배언덕에 오르자 코치의 티셔츠 주머니에서 고물토끼가 튀어나왔다.

"허허 고물토끼 자네, 이번에는 코치 주머니가 마음에 들었나 보군!"

할배나무는 고물토끼와 코치를 보며 껄껄 웃었다. 고물토끼도 어깨를 으쓱하며 미소를 지었다. 얼굴을 찌푸리고 있는 건, 고물토끼가 자기 주머니에 들어가 있는 것이 마음에 안 드는 코치뿐이었다. 일주일 동안 행운 다이어리를 잘 썼다는 이야기에 할배나무가 코치에게 슬며시 물었다.

"코치야, 아주 잘했구나. 그래서 어디, 네 안에 있는 진짜 너랑은 좀 친해진 것 같니?"

"네? 음…… 그게……."

코치는 자신이 없다는 듯 우물쭈물하며 발목을 빙빙 돌렸다. 그런 코치를 보며 고물토끼가 물었다.

"흠…… 진짜 너랑 조금이라도 친해졌으면 행운아가 되어서 하고 싶은 일이 무엇인지도 알게 되었을 텐데. 그 얘기를 좀 해 봐."

그러자 코치는 어렵게 입을 열었다.

"앞으로 무엇을 하고 싶은지 아직 정확하게는 모르겠어요. 그래서 진짜 나랑 친해졌다고 할 수도 없는데……. 어제 밤에 제가 써 놓은 행운 다이어리를 한 번 보고 잤는데, 오늘 아침에 일어나니까 하고 싶은 게 한 가지 번뜩 생각나기는 했어요."

그 말이 끝나기가 무섭게 고물토끼와 할배나무가 동시에 물었다.

“그게 뭔데?”

“그게 뭐니 코치야?”

코치는 고물토끼와 할배나무의 큰 관심에 조금 놀라면서 조심스럽게 말을 꺼냈다.

“제가 쓴 행운 다이어리를 보니까 억지로 공부할 때 항상 신 나지 않고, 지루했어요. 친구들이랑 가족들이랑 사이좋게 지내지 못할 때는 행복하지 않았고요. 가끔이지만 마음껏 놀 때 가장 행복하고 신이 났어요. 그래서…….”

코치는 우물쭈물하면서 말끝을 흐렸다. 고물토끼와 할배나무는 그런 코치에게 다시 한 번 물었다.

“그래서? 그 다음은?”

* * * *

“저는 행복한 학교를…… 만들고 싶어요.”

코치는 용기를 내서 말을 이어갔다.

“지금 다니는 학교는 정말 재미없거든요. 학교에 왜 다녀야 하는지도 모르겠고……. 저만 그런 게 아니라 아마 친구들도 그럴 거예요.

가끔 친구들이 하는 소리를 들어 봐도 학교에서 친구들이랑 노는 건 좋지만, 억지로 공부를 하는 건 싫대요. 만약에, 아주 만약에 할 수 있다면 행운아가 되어서 모두가 행복하게 다닐 수 있는 학교를 만들고 싶어요. 즐겁게 공부하고, 마음껏 뛰놀 수 있는 그런 학교요. 방법을 찾을 수 있을지는 모르겠지만……."

코치의 말이 끝나고 잠깐 동안 할배언덕은 아주 조용했다. 코치는 자기가 너무 이상한 이야기를 해서 그런 것 같아 얼굴이 빨개졌다. 그리고 고물토끼와 할배나무가 어떤 대답을 할지 무척이나 긴장한 채 그 둘을 가만히 바라보았다. 그런데 잠시 후, 고물토끼와 할배나무가 서로를 한 번씩 쳐다보고는 놀라운 반응을 보였다.

"우와, 최고야! 이 고슴도치 녀석, 생각보다 멋진걸!"

"허허, 그러게. 코치야, 정말 멋지구나!"

고물토끼와 할배나무의 칭찬에 코치는 어찌할 바를 몰랐다. 조금 전보다 더 얼굴이 빨개지고 온몸에 후끈후끈 열이 올랐다. 고물토끼는 무척 신이 나서 말했다.

"정말 잘했어. 이제 시작이니까 계속해서 진짜 너랑 친해져 보면 앞으로 무엇을 하고 싶은지 정확하게 알 수 있을 거야. 그렇게 자기가 진짜 하고 싶은 것을 생각해 내는 게 바로 꿈을 정하는 거야. 이제 멋지게 미래의 방향도 잡았으니 행운아가 되는 일만 남았어! 행운아가 되면 꿈은 더 구체적으로 네 마음속에 그려질 거야.”

“이렇게 말도 안 되는 것도 꿈이 될 수 있는 거예요?”

“그럼! 아니, 아니지. 왜 말이 안 돼. 하고 싶은 일을 찾았고, 내가 말해 주지 않은 것까지 생각해 냈는걸. 넌 이제 비전을 가진 녀석이 된 거야!”

“비전이요? 그게 뭔데요?”

“너, 모든 아이들이 행복하게 다닐 수 있는 학교를 만들고 싶다며? 내가 하고 싶은 일을 생각하는 건 꿈이야. 그 꿈을 가지고 내 주변의 다른 친구들이나 사회를 위해 도움이 되는 일을 하겠다고 생각하는 건 비전이지.”

이렇게 비전을 이야기하던 고물토끼는 마지막으로 근사한 말을 남겼다.

“진짜 나를 알고 세상을 돌아보면, 나와 우리의 미래가 보이는 것이 바로 비전이라는 말씀!”

코치는 고물토끼가 멋져 보였다. 또 고물토끼 말대로 비전을 생각해 낸 자신이 자랑스러워 어깨가 으쓱해지기도 했다. 하지만 코치는 다시 걱정스러운 눈빛이 되었다.

“그런데요…… 행복한 학교는 어떻게 해야 만들 수 있을까요? 저는 공부를 못해서 선생님이 될 수도 없을 텐데……. 그리고 친구들이랑 포포랑 친하게 지내고 싶기도 하고, 또 엄마 아빠한테 칭찬도 받고 싶은데 어떻게 해야 할지 하나도 모르겠어요. 이렇게 못난이도 진짜 행운아가 될 수 있을까요? 할배…… 고물토끼님……."

그러자 할배나무는 따스한 목소리로 말했다.

"코치야, 고물토끼를 믿고 네 자신을 믿어 보렴. 나는 널 믿는단다."

옆에 있던 고물토끼도 거들었다.

"누가 투덜이 아니라고 할까 봐 또 투덜거리는 거야? 네가 행운아가 되어서 지금의 바람들을 어떻게 이룰지는 아무도 몰라. 하지만 앞으로 내가 가르쳐 주는 행운의 비밀 법칙을 잘 따라가다 보면 네가 할 일이나 방법들이 알아서 너에게 찾아올 거야. 넌 자연스럽게 그 일들을 해 나가면 돼!"

고물토끼의 말에 코치는 왠지 기분이 좋아졌다.

"자, 그럼 숨겨진 마음에 대해서도 알았고! 행운아가 되어서 무엇을 하고 싶은지도 정했으니 진도를 팍팍 나갈 수 있겠는걸?"

고물토끼와 코치는 기분 좋게 할배언덕을 내려왔다.

진짜 나와 친해지기 대작전!

월   일   요일

내가 신 날 때	내가 신 나지 않을 때
내가 행복할 때	내가 행복하지 않을 때
내가 힘이 날 때	내가 힘이 빠질 때
내가 가슴이 뛸 때	내가 지루함을 느낄 때

월   일   요일

내가 신 날 때	내가 신 나지 않을 때
내가 행복할 때	내가 행복하지 않을 때
내가 힘이 날 때	내가 힘이 빠질 때
내가 가슴이 뛸 때	내가 지루함을 느낄 때

진짜 나와 친해지기 대작전!

03

행운의 법칙 제2단계

어쩌지? 고민이 생겼어

월요일 아침, 코치는 일찍부터 학교에 갈 준비를 마쳤다. 티티를 만나 함께 학교에 가려는 야심 찬 계획을 세워 놓았기 때문이다. 야심 찬 계획이라고 해 봐야 티티가 지나가는 길목에서 기다리다가 우연히 마주친 것처럼 등장하는 것이기는 했다. 사실 코치는 매일 티티와 함께 학교에 가고 싶었다. 하지만 늦잠을 자거나, 때로는 아침부터 포포와 싸우는 통에 그 꿈을 이루는 날이 많지 않았다. 물론 티티는 코치가 쫓아다니는 것을 좋아하지 않았다. 코치가 서둘러 나서면서 막 신발을 신으려는데 부엌에 있던 엄마가 따라 나왔다.

"코치야, 밖에 비 온다. 우산 가져가렴."

엄마의 말에 코치는 불쑥 귀찮다는 생각이 들었다. 이미 한 손에 고물토끼가 쿨쿨 자고 있는 장난감 보물 상자를 들고 있었기 때문이었다. 고물토끼의 아로로 입구가 보물 상자로 바뀐 것이다.

"보물 상자 안에 들어 있는 보물 고물토끼! 아, 아니다. 보물토끼! 어때, 멋지지 않아?"

어젯밤 고물토끼는 보물토끼가 되고 싶다면서 장난감 보물 상자로 쏙 들어가 버렸다. 그런데 우산까지 들고 가야 한다니!

"어휴…… 싫어요!"

코치는 엄마에게 소리쳤다. 그러자 엄마는 노란색 우비를 꺼내 주었다.

"비가 와서 그냥 나갈 수는 없어! 이거라도 입고 가렴."

"이걸 입고 가라고요? 싫……."

코치가 또다시 싫다고 말하려는 순간, 엄마가 호랑이 같은 얼굴을 했다. 코치는 어쩔 수 없이 우비를 입고 대문을 쾅 닫았다.

"내가 유치원에 다니는 꼬마도 아니고 노란색 우비가 뭐람, 쳇."

코치는 우비가 마음에 들지 않아 구시렁댔다. 게다가 엄마랑 우산 때문에 실랑이를 하느라 시간이 훌쩍 지나가 버렸다. 덕분에 티티와 함께 학교 가기 작전은 또 실패였다. 코치가 입을 툭 내민 채 잔뜩 심술을 내며 학교 정문으로 막 들어서는데, 청개구리 노노가 폴짝 나타났다.

"야, 눈치코치! 너 저번에 보니까 달리기 열심히 하더라? 넘어지지만 않았으면 괜찮았을 것 같은데. 너 혹시 수영은 잘해?"

코치는 노노의 말에 또 기분이 상했다. 지난 체육대회에서 넘어진 것을 가지고 놀리는 것 같았다. 그래서 코치는 굉장히 귀찮다는 듯 대답했다.

"아니, 난 못해."

그 순간, 발랄했던 노노의 표정이 잔뜩 시무룩해졌다.

"난 원래 그런 거 잘 못 하니까 물어보지 마!"

코치가 냉정하게 돌아서려는데 노노가 다시 코치 앞을 막아섰다.

"잠깐만 들어 봐. 내일모레 수요일에 옆 반 친구들이랑 정글 시합을 하기로 했거든. 정글 숲에서 달리기를 하다가 빈 통나무 속을 지나서 세 바퀴 구르고 늪에서 수영하기! 이어달리기로 할 거야. 세 명씩 나가기로 했는데 혹시 너도 같이 할 수 있을까 했지."

그런데 코치는 날카롭게 쏘아붙이며 말했다.

"됐어. 난 관심 없어. 너희끼리 해!"

들꽃학교

★　★　★　★

코치는 책상에 책가방을 휙 팽개쳐 두고 화장실로 향했다. 그런데 생각하면 생각할수록 더 화가 났다. 사실 코치는 정글 시합에 나가서 티티에게 멋진 모습을 보여 주고 싶기도 했다. 하지만 자신이 없었고, 또다시 망신만 당할 것 같아서 노노에게 버럭 성질을 부렸던 것이다. 코치는 죄 없는 화장실 문만 발로 뻥 찼다. 하지만 문조차 코치를 놀리듯 쉽게 열리지 않았다.

"에잇, 짜증 나!"

그런데 그때, 보물 상자 안에 있던 고물토끼가 밖으로 슬쩍 나왔다.

"하암…… 시끄러워서 잠을 잘 수가 없네. 또 왜 이렇게 성질이 난 거야? 몸이 무슨 밤송이도 아니고 가시가 바늘처럼 날카로워졌잖아."

그러자 코치는 버럭 화를 내며 소리쳤다.

"아, 정말 되는 일이 하나도 없어요!"

고물토끼는 고개를 절레절레 저으며 코치에게 말했다.

"너 이 녀석, 오늘 2단계 내용이 뭔지나 알고 이렇게 성질을 내는 거야? 자, 심통 그만 부리고 행운의 비밀 법칙 2단계를 읽어 봐! 그 안에 오늘 너에게 꼭 해 줄 말이 있으니까."

고물토끼는 굉장히 자신만만한 말투로 말했다.

"그럼 고물 아, 아니지! 보물토끼님은 이만!"

보물토끼 놀이에 폭 빠진 고물토끼는 다시 보물 상자 안으로 쏙 들어가 버렸다.

"휴우……."

코치는 한숨을 푹 내쉬고는 간신히 마음을 가라앉혔다. 그리고 학교가 끝난 뒤, 집에 가자마자 행운의 노트를 펼쳐 보았다.

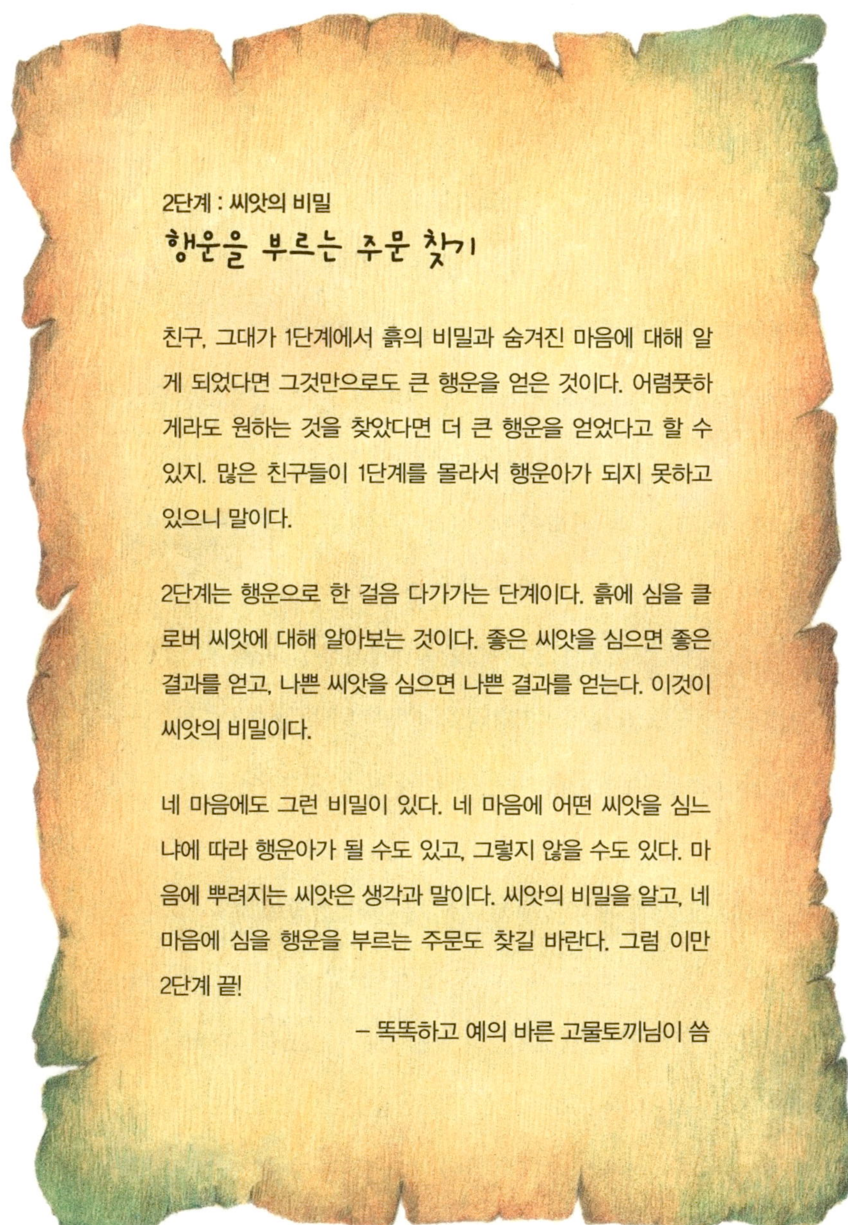

행운을 부르는 주문 찾기

친구, 그대가 1단계에서 흙의 비밀과 숨겨진 마음에 대해 알
게 되었다면 그것만으로도 큰 행운을 얻은 것이다. 어렴풋하
게라도 원하는 것을 찾았다면 더 큰 행운을 얻었다고 할 수
있지. 많은 친구들이 1단계를 몰라서 행운아가 되지 못하고
있으니 말이다.

2단계는 행운으로 한 걸음 다가가는 단계이다. 흙에 심을 클
로버 씨앗에 대해 알아보는 것이다. 좋은 씨앗을 심으면 좋은
결과를 얻고, 나쁜 씨앗을 심으면 나쁜 결과를 얻는다. 이것이
씨앗의 비밀이다.

네 마음에도 그런 비밀이 있다. 네 마음에 어떤 씨앗을 심느
냐에 따라 행운아가 될 수도 있고, 그렇지 않을 수도 있다. 마
음에 뿌려지는 씨앗은 생각과 말이다. 씨앗의 비밀을 알고, 네
마음에 심을 행운을 부르는 주문도 찾길 바란다. 그럼 이만
2단계 끝!

– 똑똑하고 예의 바른 고물토끼님이 씀

알쏭달쏭 씨앗의 비밀

"똑똑한 고물토끼님? 풉……."

행운의 노트 2단계를 읽던 코치는 웃음보가 터졌다.

"왜 웃는 거야? 내가 똑똑하지 않다는 거야?"

키득거리는 코치를 보고 고물토끼가 따지듯 물었다.

"그게 아니라요. 고물토끼님은 왜 이렇게 잘난 척이 심해요? 너무 웃겨요. 히히."

"그게 바로 나만의 비법이야. 내가 찾은 나만의 행운을 부르는 주문이지! 이 고물토끼님의 위대한 행운주문!"

고물토끼의 말에 코치는 다시 한 번 어리둥절해졌다.

"이 녀석, 또 그 표정이야? 방금 2단계를 읽었잖아. 내가 잘난 척하는 것 같아도 그게 다 행운의 비밀 법칙을 몸소 보여 주는 거라고."

코치는 고물토끼가 그저 둘러대며 장난으로 하는 말이라고 생각했다. 그런데 그 생각마저 고물토끼에게 들키고 말았다.

"너 지금 내가 장난하는 거라고 생각하지? 흠, 하긴. 이렇게 말해서 알아들으면 천하의 눈치코치님이 아니지. 자, 그럼 내가 처음 만난 날 줬던 씨앗들을 가져와 봐."

코치는 주머니에 잘 넣어 두었던 씨앗들을 꺼냈다.

"여기요, 씨앗!"

"이제 씨앗을 심어야 하는데, 그 씨앗들 중에서 어떤 씨앗을 심을래?"

코치는 가만히 고민을 하다가 대답했다.

"음…… 이 씨앗이랑…… 이 씨앗이랑…… 이렇게 세 개는 빼고 심을래요. 여기요, 일곱 개!"

코치가 씨앗을 골라내자 고물토끼가 멜빵바지 어깨끈을 퉁 튕기더니 성큼성큼 다가와 코앞에 얼굴을 들이밀며 다시 물었다.

"왜?"

코치는 당황해하면서 말했다.

"음…… 그냥……?"

"그냥이 아니지. 잘 봐. 네가 고른 씨앗은 모양이 예쁘고 단단하게 생겼지. 네가 고르지 않은 씨앗은?"

"모양이 이상해요."

"왜 그 씨앗은 고르지 않은 건데?"

"잘…… 자라지 않을 것 같아서요."

고물토끼의 계속되는 질문에 코치는 겨우겨우 대답해 나갔다.

"그래, 맞아! 그게 바로 2단계 씨앗의 비밀이야."

★　★　★　★

"좋은 씨앗을 심어야 싹도 잘 나오고, 꽃도 예쁘게 피겠지?"

고물토끼의 말은 그야말로 간단하고 명쾌했다.

"맞아요, 나쁜 씨앗을 심으면 싹이 나지 않고 죽거나 튼튼하게 자라지 않을 거예요."

"옳지, 옳지! 눈치코치 없다고 하면서도 요럴 때는 잘한단 말이야."

코치는 고물토끼의 칭찬에 어쩐지 기분이 좋아지는 것 같았다. 고물토끼는 계속 말을 이어 갔다.

"너 지난번에 네 마음은 좋은 마음이 아니라고 했었지? 씨앗의 비밀을 다 알고 나면 그 걱정이 없어질 거야."

고물토끼의 말에 코치의 눈이 휘둥그레졌다.

"네? 어떻게요?"

"네 마음에 심을 좋은 씨앗을 찾으면 돼."

"마음에 심을…… 좋은 씨앗이요?"

코치는 고물토끼의 말을 이해할 수 없었다.

"잘 모르겠지? 마음씨 좋은 내가 가르쳐 줄게! 행운의 노트에서도 말했지만, 흙은 숨겨진 네 마음이었지. 흙에 씨앗을 심듯 숨겨진 마음에도 씨앗을 심어야 해. 마음에 심는 씨앗은 바로 네가 하는 '말'이야."

"말이 씨앗이라고요?"

코치는 어리둥절한 표정을 지었다.

"그래! 네가 어떤 말을 하느냐에 따라서 행운이라는 녀석이 쑥쑥 자랄 수도 있고, 아닐 수도 있지."

"그럼 좋은 말을 해야 행운이 찾아오겠네요?"

고물토끼는 코치의 똑똑한 대답에 웬일이냐며 칭찬해 주었다. 그리고 곧 두 번째 행운 다이어리에 대해 이야기하기 시작했다.

"우선 네 마음에 심을 좋은 씨앗을 찾기 전에, 지금 네 마음에 심어지고 있는 씨앗이 어떤 것들인지 찾아봐야 해. 이번 행운 다이어리는 네가 평소에 많이 하는 말을 써 보는 거야. 네가 무심코 하는 말들 속에 무시무시한 비밀이 숨어 있다고! 오늘을 가만히 돌아보면서 네가 가장 많이 한 말을 써 보면 어떨까?"

코치는 고물토끼가 한 말을 곰곰이 생각해 보았다. 이번에도 첫 번째 행운 다이어리처럼 멋지게 해내고 싶었다.

'내가 평소에 하는 말을 써 보라고?'

두 번째 행운 다이어리 쓰는 방법

평소에 하는 말을 써라!

마음에 심을 좋은 씨앗을 찾기 전!
지금까지 네 숨겨진 마음에 심어진 씨앗이
어떤 것들인지 찾아보아라.
평소에 많이 하는 생각과 말들 속에
무시무시한 비밀이 숨어 있다.

코치가 가장 많이 하는 말

코치는 방을 이리저리 돌아다녀 보기도 하고, 책상 앞에 앉아 보기도 하면서 곰곰이 생각했다. 하지만 딱히 번뜩이는 생각은 떠오르지 않았다. 한참을 그렇게 심각한 표정으로 고민하다가 대뜸 고물토끼에게 말했다.

"아, 모르겠어요. 오늘은 짜증 나는 일밖에 없었던 것 같아요."

코치의 책상에 턱을 괴고 앉아 있던 고물토끼는 그런 코치를 보더니 무심한 듯 말했다.

"그 당당한 태도는 뭐야? 오랫동안 생각한 거 맞아?"

"그럼요. 아무리 생각해도 잘 모르겠어요. 당당한 건 아니고…… 그냥 잘 모르겠다는 거예요……."

코치의 목소리는 점점 작아지고 있었다.

"요 녀석아, 모르는 게 당연해."

고물토끼는 장난기 가득한 표정으로 말했다.

"자기가 자주 하는 말을 생각할 때는 혼자 하는 것보다 친한 누군가와 같이 하는 게 좋아! 네가 그걸 몸소 느낄 때까지 난 기다린 거라고. 네가 어려워할 것 같아서 내가 오늘 널 졸졸 따라다니면서 써 놓은 게 있어. 잠깐만, 어디에 뒀더라?"

고물토끼는 또 바지 속으로 얼굴을 박고 이리저리 아로로를 뒤지기 시작했다.

"여기 있다!"

그러고는 꼬깃꼬깃한 쪽지를 꺼내 주었다. 쪽지에는 이렇게 쓰여 있었다.

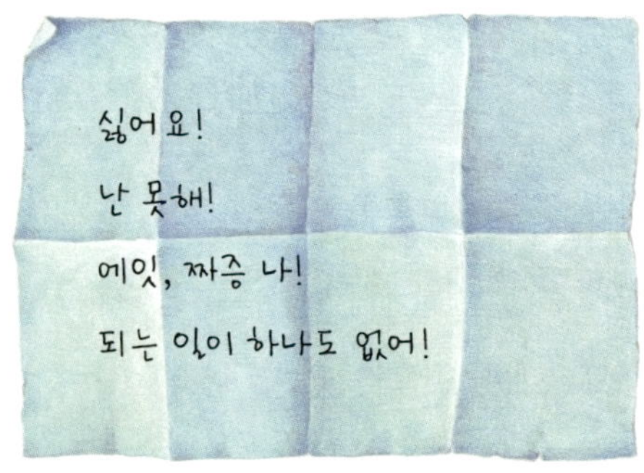

"이게 뭐예요?"

쪽지를 본 코치가 고물토끼에게 물었다.

"뭐긴 뭐야. 오늘 네가 한 말들이지. 하지만 오늘 하루만이 아닐걸? 내가 네 옆에 있는 동안 가장 많이 들었던 말이기도 하니까."

"쳇, 좋은 말은 하나도 없네요."

코치는 가만히 쪽지를 다시 한 번 들여다보았다.

"이제 진짜 씨앗의 비밀을 가르쳐 줄게. 1단계에서 흙은 네 안에 있는

86

마음이랬지? 숨겨진 마음이 더 중요하다고 했어. 다음, 2단계의 씨앗은 네가 평소에 하는 말들을 의미해. 좋은 말은 좋은 씨앗이 되고, 나쁜 말은 나쁜 씨앗이 되는 거지. 이해하고 있는 거야?”

“네. 알아요. 그래서 좋은 말을 하면 행운을 얻을 수 있고, 나쁜 말을 하면 행운과 점점 멀어진다고 그랬죠.”

“그렇지! 그게 바로 진짜 씨앗의 비밀이야!”

“휴우, 그럼 저는 역시 행운아가 될 수 없는 건가요? 제가 하는 생각과 말들은 모두 나쁜 것들뿐인걸요.”

고물토끼는 다시 코치 코앞에 얼굴을 들이밀고 싱긋 웃으며 말했다.

“그럼 내가 너한테 이 비법들을 왜 가르쳐 주겠어. 다 방법이 있지.”

“그게 뭔데요?”

“말을 바꾸면 되잖아!”

고물토끼는 너무나 쉽고 간단하다는 듯 말했다.

“어떻게요?”

코치는 여전히 답답할 뿐이었다.

“지금부터 나랑 재미있는 놀이를 하나 하는 거야. 일명 ‘반대말을 찾아라!’ 네가 하는 나쁜 말들의 반대말을 찾는 거야. 어때, 할 수 있겠지?”

코치는 ‘과연 그렇게 한다고 생각과 말이 바뀔 수 있을까?’ 하는 의심

이 들기도 했지만 애써 고개를 끄덕였다. 행운아가 되고 싶은 마음이 점점 더 커지고 있었기 때문이었다.

"자, 그럼 시작해 보자! '싫다'의 반대말은?"

코치는 고물토끼의 눈치를 흘끔 보며 대답했다.

"좋아?"

"그렇지! '좋아!' 어른한테 대답할 때는 큰 소리로 '네!' 하면 되겠지. 그럼 이 말에 인사도 덧붙여 봐."

인사라는 말에 코치는 멍한 표정을 지었다.

"무슨 인사요?"

"누굴 만났을 때 하는 인사 말고! 너 이번 어린이날에 선물 받았어?"

"네. 엄마랑 아빠가 주셨어요. 별로 마음에 안 들었지만요."

"그래서 뭐라고 인사했어?"

"음…… 글쎄요. 아무 말도 안 했던 것 같은데."

고물토끼는 펄쩍 뛰며 방 안을 한 바퀴 돌더니 큰 소리로 말했다.

"으으, 답답해! '고맙습니다, 감사합니다'라고 인사해야지!"

"고맙습니다? 감사합니다?"

코치는 생각해 보니 한 번도 진심을 담아 그런 인사를 해 본 적이 없었다.

“자, 첫 번째 반대말을 따라 해 봐. ‘네, 감사합니다!’ 어서!”

“네, 감사합니다!”

“다음으로 넘어가자. ‘난 못해!’의 반대말은?”

“음…… 난 잘……해?”

“에이, 거짓말을 하면 쓰나. 무조건 다 잘하는 건 아니잖아.”

고물토끼의 말에 은근히 자존심이 상한 코치는 쏘아붙이며 말했다.

“쳇, 그럼 반대말이 뭔데요?”

“‘난 할 수 있어!’ 무엇이든 해 보지도 않고 ‘난 못해!’라고 하지 말고 ‘난 할 수 있어!’라고 생각하고 말하는 거야. 몸과 마음이라는 녀석들은 아주 단순해서 네가 생각하고 말하는 대로 움직인다는 걸 기억해.”

코치는 고물토끼의 말을 들으며 자기도 모르게 고개를 끄덕였다.

“두 번째 반대말은 뭐라고?”

“난 할 수 있어!”

“다음, 세 번째! ‘에잇, 짜증 나!’의 반대말은?”

“아…… 기분 좋아?”

코치는 조금 뜸을 들이다가 자신감을 갖고 대답해 보았다.

“그렇지, 잘하고 있어. 그런데 기분이 좋으면 넌 어떨 것 같아?”

“매일매일 행복할 것 같아요!”

“그래, 맞아. 행복하면 행운은 자연스럽게 따라오지. 그렇다면 ‘난 정말 행운아야. 난 행복해!’라고 하면 돼. 그럼 행운도 널 따라오게 되어 있지.”

그 순간, 코치는 어쩐지 점점 행운아가 되고 있는 것 같은 기분이 들었다.

“세 번째 반대말도 외쳐 볼까?”

“난 정말 행운아야. 난 행복해!”

“자, 마지막으로! ‘되는 일이 하나도 없어!’의 반대말은?”

“모든 일이 다 잘돼?”

“크크. 비슷하긴 해. ‘모든 일이 다 잘될 거야!’겠지. 모든 일이 다 잘되면 넌 어떻게 달라질까?”

“음…… 공부도 잘하고, 운동도 잘하고, 엄마한테 혼도 안 나고, 친구도 많아지겠죠?”

코치는 속으로 정말 그랬으면 좋겠다고 생각했다.

“그래, 그럼 넌 가진 게 많은 아이가 되겠지? 성적도 좋아지고, 재주도 많아지고, 가족들도 널 좋아하고, 친구도 많아질 테니까 말이야.”

“당연하죠!”

“그래서 마지막 반대말은 ‘난 풍족해!’야.”

"난 풍족해!"

코치는 지금까지 찾은 반대말들을 가만히 생각하며 행운 다이어리
에 하나하나 써 내려갔다.

나의 행운주문 찾기!

- 내가 평소에 자주 하는 말은 무엇일까?

- 싫어요!

- 난 못해!

- 에잇, 짜증 나.

- 되는 일이 하나도 없어!

- 내가 찾은 나의 〈행운주문〉은?

- 첫째, "네, 감사합니다!"

- 둘째, "난 할 수 있어!"

- 셋째, "난 정말 행운아야. 난 행복해!"

- 넷째, "난 풍족해!"

예) 행복해, 감사해, 풍족해, 나는 정말 운이 좋아,
　　할 수 있어, 지금의 내가 최고야,
　　좋은 일이 눈사태처럼 일어날 거야

행운을 부르는 주문

"오늘은 행운 다이어리를 혼자 못 썼으니까 특별 숙제를 하나 내겠어."

코치는 생각지도 못한 숙제 이야기에 두 눈이 휘둥그레졌다.

"무슨 숙제요?"

"너무 놀랄 건 없어. 지금 나와 찾은 반대말들을 행운 다이어리에 쓰는 것 말고, 큰 종이에 써 보는 거야. 제목은 '코치의 행운을 부르는 주문'이라고 쓰도록 해."

"행운을 부르는 주문이요?"

"그래, 행운을 부르는 주문! 짧게 줄여서 '행운주문'이라고 하자. 그 반대말들이 너의 말이 되면 네 숨겨진 마음이 좋은 마음으로 바뀔 거야."

"우와, 그게 정말이에요?"

코치는 믿을 수 없다는 듯 물었다.

"지금까지 속고만 살았어? 왜 이렇게 고물토끼님의 말을 못 믿는 거야? 생각과 말의 씨앗은 클로버 씨앗이랑은 달라. 클로버 씨앗은 자기가 심겨 있는 흙을 바꿀 능력이 없지만, 생각과 말의 씨앗은 숨겨진 마음에 뿌려지면 그 마음을 바꾸는 능력을 갖고 있지."

"아…… 이게 바로 씨앗의 비밀이죠? 알겠어요. 특별 숙제는 꼭 할게요. 행운 다이어리도 쓰고요."

코치는 큰 소리로 당당하게 말했다.

"그리고 내일은 할배나무 앞에 가서 행운주문을 발표하는 거야! 하암……, 그럼 난 이만 들어가서 좀 자야겠어. 오늘 너랑 너무 오랫동안 씨름을 했더니 무척 피곤해. 그리고 이건 내가 가르친 녀석 중에 일본 최고의 부자가 된 사이토 히토리라는 녀석의 행운주문이야. 우리가 방금 찾은 행운주문이랑 비슷하니까 참고가 될 거야. 유명한 인물 이야기 대신 주는 보너스다! 하암…… 그럼 내일 보자고."

고물토끼는 또 다른 작은 쪽지를 건네주더니 장난감 보물 상자 안으로 쏙 들어갔다.

사이토 히토리의 행운주문
첫째, 나는 행복해!
둘째, 나는 할 수 있어!
셋째, 나는 풍족해!
넷째, 정말 고마운 세상이야!

"흠……, 내 행운주문이랑 많이 비슷한걸!"

코치는 쪽지를 행운 다이어리에 잘 끼워 넣었다. 그리고 두 번째 행운 다이어리를 정성껏 쓰고 나서 큰 종이를 준비했다. 고물토끼가 내준 특별 숙제를 하기 위해서였다. 코치는 또박또박 한 글자씩 행운주문을 쓰면서 마음속에도 그것을 새겨 넣었다.

"왠지 멋진 것 같은데?"

행운주문을 멋지게 써서 책상 앞에 정성껏 붙이고 나니 코치는 어깨가 으쓱해졌다. 왠지 뿌듯하기도 하고, 자신이 자랑스럽기도 했다. 그래서 코치는 그 어떤 날보다도 기분 좋게 잠이 들 수 있었다.

★　★　★　★

아침에 눈을 뜨는 순간, 어젯밤 책상 앞에 붙여 놓은 행운주문이 코치의 눈에 들어왔다. 코치는 아주 작은 소리로 행운주문을 한 번 읽어 보고 집을 나섰다. 오랜만에 맞는 기분 좋은 아침이었다. 거기다 등굣길에 우연히 티티를 마주치기까지 했다.

"티티야, 안녕?"

"안녕?"

코치의 부끄러운 듯한 인사에 티티도 짧은 인사와 함께 손을 흔들었다. 티티의 무심한 인사에도 코치는 기분이 날아갈 듯 좋았다. 왠지 행운주문을 읽고 나와서 그런 것 같다는 생각이 들었다. 코치는 학교를 마치고 곧장 할배언덕으로 올라갔다. 오늘만큼은 할배나무에게 투덜대러 가는 것이 아니었다. 어제 고물토끼와 한 약속을 지키기 위해서였다.

"할배! 저 왔어요. 코치 왔어요!"

반갑게 인사하며 달려오는 코치에게 할배나무도 나뭇가지를 흔들며 인사해 주었다.

"이 녀석아, 나는 빼놓는 거야? 할배, 나도 왔어요. 요 녀석은 나보다 할배를 훨씬 좋아한단 말이야."

보물 상자에서 튀어나온 고물토끼도 할배나무에게 인사를 했다.

"할배! 오늘은 이 코치 녀석이 할배 앞에서 발표할 게 있어요. 코치! 어서 해 봐. 우리 할배가 원래 궁금한 걸 잘 못 참아."

"허허. 내가 그랬던가? 자네도 참. 그래, 코치야. 어서 해 보려무나."

"어제 고물토끼님이랑 행운주문을 만들었거든요. 발표할게요. 코치의 행운을 부르는 주문, 첫째……."

코치가 마음을 가다듬고 행운주문을 발표하려는데, 고물토끼가 코치의 말을 막고 나섰다.

"잠깐! 그렇게 콩알만 한 목소리로 발표할 생각이야? 큰 소리로 하라고, 큰 소리로!"

고물토끼의 말에 코치는 고물토끼를 한 번 째려보았고, 할배나무는 그런 코치를 보며 빙긋 웃음을 지었다.

"다시 할게요, 할배! 흠흠……."

코치는 목을 가다듬고 다시 큰 소리로 발표했다.

"코치의 행운을 부르는 주문! 첫째, 네, 감사합니다! 둘째, 난 할 수 있어! 셋째, 난 정말 행운아야. 난 행복해! 넷째, 난 풍족해!"

"와, 멋진걸! 정말 근사하구나, 코치야. 부쩍 행운아가 된 것 같은 느낌인데? 허허."

할배나무는 코치를 한껏 칭찬해 주었다. 그런데 고물토끼는 볼멘소리로 할배나무에게 말했다.

"으그, 할배는 얘가 그렇게 예뻐요? 만날 칭찬은……. 코치 넌 복 받은 줄 알아! 이런 할배를 만났으니 말이야. 이제 어서 가자고!"

고물토끼는 진짜 심통이 난 듯 할배언덕 저만큼 멀리로 혼자 가 버렸다. 할배는 그런 고물토끼를 보며 코치에게 말했다.

"저 친구가 툴툴대는 것 같아도 본심은 안 그렇단다. 고물토끼는 아주 옛날에 스승도 없이 혼자 힘든 일들을 겪었어. 그러다 보니 가끔 이렇게 칭찬하는 나를 이해하지 못하는 거야. 칭찬까지 해 주는 고물토끼라면 더 좋았을 텐데 말이야. 그렇지?"

할배나무의 말에 코치는 조금은 고물토끼를 이해할 수 있을 것 같았다.

"그런데요 할배, 여쭤 볼 게 있는데……."

코치가 할 말이 남은 듯 걱정스러운 목소리로 할배나무에게 말했다.

"제가 잘할 수 있을까요? 행운아가 되는 것 말이에요. 행운주문을 만들고 보니 오늘은 조금 기분 좋은 일도 생겼는데요. 앞으로 계속 잘할 수 있을지 걱정돼요."

할배나무는 나뭇가지로 코치의 등을 쓸어 주며 따스한 위로를 건넸다.

"코치야, 괜찮단다. 넌 할 수 있어. 고물토끼를 믿고 잘 따라가 보려무나. 나도 항상 이 자리에서 응원해 주마. 고물토끼 저 친구가 무뚝뚝한 것 같아도 아주 속이 깊고 믿을 만하거든. 그러니 끝까지 포기하지 말고 잘해 보렴. 으응?"

할배나무의 말에 코치는 다시 한 번 용기를 얻었다. 그때, 저 멀리서 고물토끼가 다시 이쪽으로 뛰어오며 말했다.

"이 눈치코치야! 내가 토라져서 가면 쫓아와야 하는 거 아니야? 이래서 어디 삐치기나 하겠어? 어서 집에 가자고!"

역시 고물토끼였다. 코치와 할배나무는 그런 고물토끼를 보고 키득거리며 함께 웃었다. 코치는 할배나무와 더 이야기를 나누고 싶었지만 아쉬운 마음을 뒤로한 채 할배언덕을 내려왔다. 한 손에는 달랑달랑 고물토끼의 아로로가 된 장난감 보물 상자가 들려 있었다. 그리고 중간쯤 내려왔을 때, 코치는 고물토끼에게 말했다.

"결심했어요. 내일 정글 시합에 나갈 거예요. 난 할 수 있어요!"

나의 행운주문 찾기!

- **내가 평소에 자주 하는 말은 무엇일까?**

-
-
-
-
-
-

- **내가 찾은 나의 〈행운주문〉은?**

-
-
-
-
-
-
-
-

행운의 법칙 제3단계

나도 정글 시합에 나갈래!

대망의 수요일 아침. 코치는 등굣길 운동장에서 앞서 가던 노노를 부르며 달려갔다.

"노노야! 노노야! 저기…… 혹시 나도 정글 시합에 나갈 수 있을까?"

"어? 그럼! 물론이지!"

노노는 무척 반가운 목소리로 말했다.

"원래는 팡이 나가고 싶어 했는데, 팡은 빈 통나무를 통과할 수 없어서 못 나가게 됐어."

"왜 통과를 못해?"

"아 그게, 으헤헤, 팡은 엉덩이가 통나무에 끼거든. 그럼 네가 나가는 거다! 우리 팀은 랑코랑 너랑 나, 이렇게 셋이야. 오늘 점심시간이다! 기대할게!"

노노의 말에 코치는 히죽 웃으며 고개를 끄덕였다. 그리고 꼭 잘해 보겠다고 다짐하며 교실로 걸어갔다. 그리고 드디어 점심시간이 되었다. 아이들은 모두 학교 뒤 정글로 향했다.

"이겨라, 이겨라!"

코치네 반과 옆 반 아이들은 각자의 반을 목청껏 응원했다. 옆 반 대표로 나온 친구들은 코치네 반과 달리 모두 덩치가 좋은 녀석들이었다.

"랑코 파이팅! 노노 파이팅! 코치 파이팅!"

아이들은 차례차례 출전하는 선수들의 이름을 외치며 응원했고, 정글 시합의 분위기는 점점 뜨거워졌다. 친구들 사이에서 티티도 열심히 응원을 하고 있었다. 그 모습을 보니 코치는 더 잘하고 싶은 욕심이 생겼다.

첫 주자 랑코는 달리기를 워낙 잘해서 옆 반의 첫 주자인 원숭이 둥 녀석을 처음부터 앞질러 나갔다. 빈 통나무도 쌩~ 순식간에 통과했다. 복슬복슬 꼬리를 또르르 말고 날렵하게 앞구르기를 세 번! 늪 수영까지 척척! 랑코는 둥 녀석보다 열 걸음은 더 빨리 들어와 노노의 손을 탁 쳤다. 두 번째 주자 노노의 상대는 오리 더키 녀석이었다. 앞에서 랑코가 잘해 준 덕분에 노노도 뒤처지지 않고 더키 녀석을 앞질러 달렸다. 폴짝폴짝 뛰면서 통나무도 무사히 잘 통과했다. 특히 늪 수영에서는 개구리 특유의 수영 실력을 마음껏 뽐내며 더키 녀석보다 먼저 들어와 다음 선수인 코치의 손을 탁 쳤다.

“이겨라, 이겨라!”

아이들의 목소리는 더욱 커졌다. 그리고 마지막 선수인 코치를 응원했다.

“코치, 파이팅! 와아아!”

코치는 티티가 지켜보고 있다는 것을 기억하고 꼭 이겨 보이리라 다짐했다. 옆 반의 마지막 선수는 강아지 후요 녀석이었다.

“후요는 달리기도 잘하고 늪 수영도 무척 잘하잖아?”

주변을 둘러싼 아이들의 수군거리는 소리에 코치는 더욱 부담이 되었다.

두근두근! 쿵쾅쿵쾅!

쉬지 않고 뛰는 심장 소리가 코치의 귀에 들리는 것 같았다. 그럼에도 코치는 노노와 손을 탁 마주치는 순간부터 열심히 달리기 시작했다. 후요가 성큼성큼 쫓아왔지만 코치는 할 수 있다는 마음으로 최선을 다했다. 통나무 사이까지 무사히 통과! 데굴데굴 세 바퀴를 구르고

드디어 늪으로 풍덩 들어갔다. 코치는 정신없이 헤엄치며 앞으로 나아갔다. 그런데 늪을 중간쯤 지날 무렵, 후요 녀석이 코치를 제치고 앞서 나가기 시작했다. 역전을 당한 것이다. 코치는 안간힘을 다해 후요의 뒤를 쫓았지만 역부족이었다. 결과는 옆 반의 승리였다.

"에이…… 아쉽다. 그래도 모두 잘했어. 얘들아, 그만 가자."

노노의 말에 코치네 반 친구들은 몹시 아쉬운 마음으로 발걸음을 돌렸다. 노노는 코치의 어깨를 톡톡 두드리며 괜찮다고 위로하고는 교실로 돌아갔다. 하지만 코치는 자기 때문에 진 것 같아 눈물이 났다. 친구들은 아무 말도 안 했지만 코치는 미안한 마음에 친구들을 쳐다볼 수도 없었다. 잔뜩 시무룩해진 코치는 축 처진 어깨를 하고는 뚜벅뚜벅 교실로 돌아갔다.

★ ★ ★ ★

코치는 학교가 끝난 뒤 집으로 가지 않고 곧장 할배언덕에 올라갔다. 코치가 할배나무 가까이에 다가서자 코치의 보온 물병 안에서 고물토끼가 튀어나와 할배나무에게 인사했다.

"할배! 오늘도 이 녀석 덕분에 또 보게 되네요. 에취! 그래도 자주 보니 반갑죠? 훌쩍……."

"어이쿠, 자네 단단히 감기에 걸렸구먼. 그래, 어서 오게나. 이번에는 보온 물병을 아로로 입구로 삼았나? 허허."

"훌쩍…… 요즘 몇 년을 계속 아로로에서만 지내다가 갑자기 바깥바람을 많이 쐬어서 그런 것 같아요. 훌쩍…… 아로로는 항상 날씨가 따뜻하고 좋거든요. 무지개가 떠 있는 아름다운 아로로. 그래서 이번에는 따뜻한 보온 물병에 들어왔죠. 에취!"

그런데 할배나무의 눈에 잔뜩 풀이 죽은 코치가 보였다.

"우리 코치는 왜 이렇게 울상이야?"

그러자 고물토끼가 얄밉게도 먼저 나서서 대답했다.

"이 녀석은 오늘 엉망진창인 하루를 보내서, 에취! 이렇답니다."

"코치야, 학교에서 안 좋은 일이 있었니? 무슨 일인데 그러니?"

할배나무가 다정한 목소리로 묻자, 코치는 오늘 정글 시합에서 역전패를 당해 티티와 친구들 앞에서 창피당한 일을 이야기했다.

"열심히 했는데 속상했겠구나. 괜찮단다. 이제 곧 좋은 일들이 있을 거야."

그러나 코치는 기운 없는 목소리로 말했다.

"아니에요. 저는 모두에게 도움이 안 되는 아이예요. 정글 시합에서

진 것도 그렇고, 고물토끼님이 감기에 걸린 것도 저 때문이에요.”

그러자 고물토끼는 계속 코를 풀면서도 웃으며 말했다.

“오호호, 전혀. 훌쩍! 그렇게 생각할 필요 없어. 난 사실 너한테 고마워하고 있어. 에춰! 이렇게 멋지게 발전된 세상을 구경할 수 있다는 게 얼마나 행복한 일이야. 안 그래? 훌쩍.”

그런데 유난히 코치의 귀에 쏙 들어오는 말이 있었다.

“고맙고, 행복하다고요? 그건 내 행운주문인데…….”

“으하하, 요 녀석아. 그게 왜 네 것만 된다고 생각해? 훌쩍! 내가 다른 녀석들을 많이 만나 봤는데, 다들 비슷한 행운주문을 찾아내곤 했어. 우리 모두의 행운주문은 비슷하게 나온다고. 사이토 히토리 녀석의 행운주문도 봤잖아. 에춰!”

“그런데 고물토끼님은 어떻게 그 말들을 아무렇지도 않게 해요? 저는 해 보려고 노력해도 왠지 부끄럽고 어색해서 잘 못 하겠어요. 오늘은 한 번도 못 했는걸요…….”

“네가 이제 행운의 노트 3단계를 읽을 시간이 된 것 같다. 에춰! 바로 거기에 그 대답이 들어 있어. 그 전에 잠깐 코 한 번만 풀자, 크흥!”

고물토끼는 시원하게 코를 풀고는 계속해서 이야기했다.

“천하의 투덜이인 네가 부끄럽다는 둥 어색하다는 둥 하면서 왜 투덜대지 않나 했어. 에취! 어서 집으로 가서 행운의 노트를 펴봐.”

코치는 매일같이 자기를 놀리는 고물토끼가 무척이나 얄미웠다. 그래도 어떻게 하면 행운주문을 자연스럽게 말할 수 있는지 궁금했기 때문에 서둘러 집으로 내려갔다. 할배나무 앞에서 이야기보따리를 다 풀지도 않은 채로 말이다.

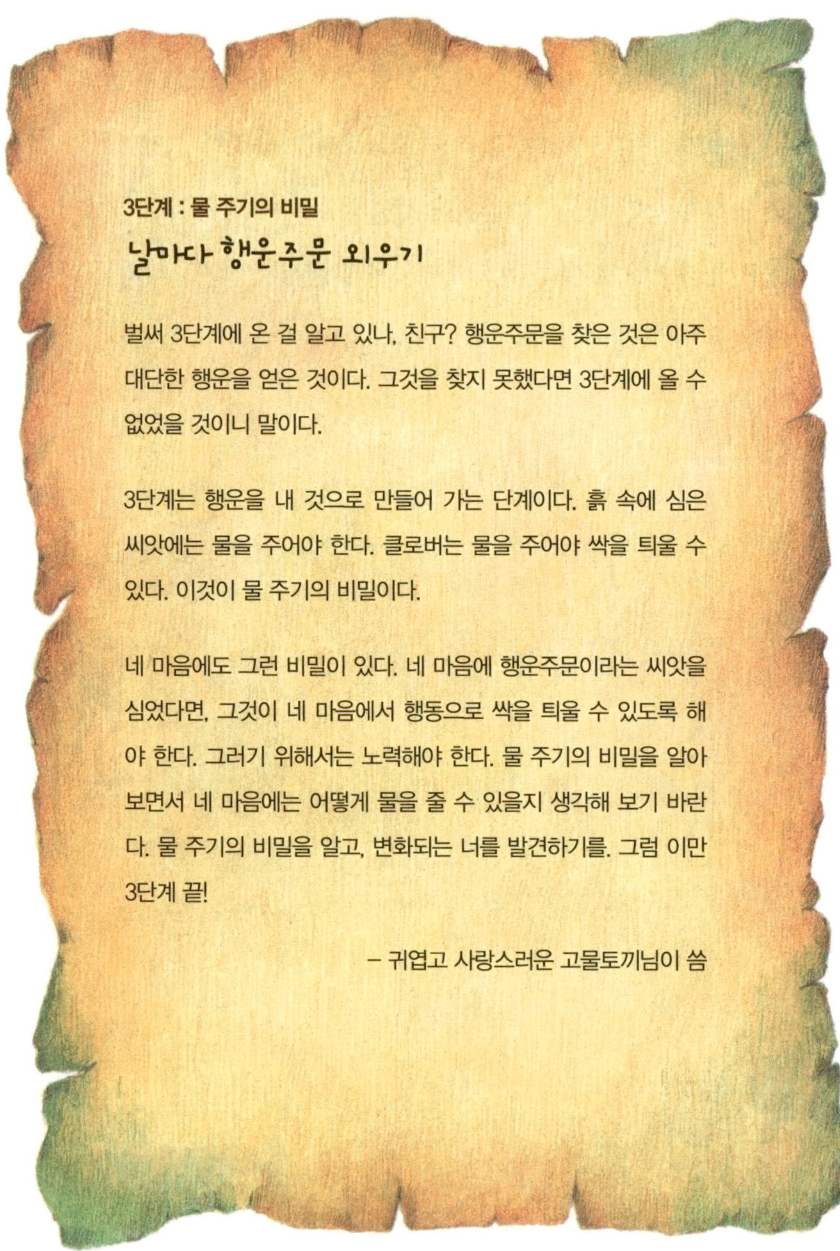

3단계 : 물 주기의 비밀

날마다 행운주문 외우기

벌써 3단계에 온 걸 알고 있나, 친구? 행운주문을 찾은 것은 아주 대단한 행운을 얻은 것이다. 그것을 찾지 못했다면 3단계에 올 수 없었을 것이니 말이다.

3단계는 행운을 내 것으로 만들어 가는 단계이다. 흙 속에 심은 씨앗에는 물을 주어야 한다. 클로버는 물을 주어야 싹을 틔울 수 있다. 이것이 물 주기의 비밀이다.

네 마음에도 그런 비밀이 있다. 네 마음에 행운주문이라는 씨앗을 심었다면, 그것이 네 마음에서 행동으로 싹을 틔울 수 있도록 해야 한다. 그러기 위해서는 노력해야 한다. 물 주기의 비밀을 알아보면서 네 마음에는 어떻게 물을 줄 수 있을지 생각해 보기 바란다. 물 주기의 비밀을 알고, 변화되는 너를 발견하기를. 그럼 이만 3단계 끝!

– 귀엽고 사랑스러운 고물토끼님이 씀

"3단계 법칙은 물을 주는 거네요?"

코치는 이번 단계는 왠지 조금 쉬울 것 같다고 생각하며 말했다. 고물토끼는 코치가 계속해서 행운의 노트에 관심을 갖는 걸 기특해하며 코치에게 3단계에 대한 이야기를 해 주었다.

"그래, 물을 줘야 클로버가 싹을 틔우겠지! 에취! 우선 씨앗에 줄 물을 보면서 얘기하자. 훌쩍, 이놈의 콧물, 훌쩍!"

"네. 그런데 뭘 먼저 해야 해요?"

고물토끼는 멍한 표정으로 질문하는 코치를 보며 또 한 번 고개를 저었다.

"물을 주려면 물을 떠 와야 하지 않겠어? 훌쩍! 가끔 생각을 하는 것 같으면서도 이럴 때 보면 전혀 아니란 말이야!"

코치는 매일 자기만 놀림을 받는 것 같아 어떻게 하면 한 번이라도 복수를 할 수 있을까 싶었다. 바로 그때, 코치에게 아주 괜찮은 방법이 떠올랐다.

"물을 떠 와야 한다고요? 그럼 이 보온 물병을 좀 빌릴까요?"

코치가 집어 든 것은 새로이 고물토끼의 아로로 입구가 된 바로 그 보온 물병이었다. 그러자 고물토끼는 펄쩍 뛰며 손사래를 쳤다.

“뭐? 내 아로로에 물을 가득 채울 셈이야? 안 돼, 안 돼! 에……취!”

“장난이에요, 장난! 큭, 물 떠 올게요.”

고물토끼를 놀린 코치는 조금은 나아진 기분으로 밖으로 나갔다.

★ ★ ★ ★

코치는 예쁜 물뿌리개에 물을 채워 왔다. 그 사이 고물토끼는 흐르는 콧물을 막아 보려고 양쪽 콧구멍에 휴지를 돌돌 말아 끼우고 앉아 있었다.

“하하, 그게 뭐예요. 정말 바보 같아요!”

“와, 드디어 웃었다. 너 지금 크게 웃은 거다. 웃었으니까 이제 그만 정글 시합 사건은 잊어버리고 화분에 물이나 줘.”

코치는 어떻게든 자신의 기분을 풀어 주려는 고물토끼에게 고마운 마음이 들었다. 그래서 한결 밝아진 얼굴로 클로버 씨앗을 심었던 화분에 물을 주었다.

“이제 싹이 쑥쑥 올라오겠죠?”

“응! 정성껏 날마다 빼먹지 않고 꾸준히 물을 주면 싹이 나올 거야.”

“그럼 마음의 씨앗에는 어떻게 물을 줘요?”

코치는 이번 단계는 쉬운 것 같으면서도 어떻게 해야 하는 건지 알쏭달쏭했다.

"그 전에 중요한 게 있어. 그게 뭘까?"

생각지 못했던 고물토끼의 질문에 코치가 오랜만에 긴장을 했다.

"그렇게 긴장할 건 없어. 물 주기의 비밀에서 가장 중요한 건 내가 했던 말들 중에 답이 있어."

"흠…… 정성껏 물을 줘야 한다고요?"

"뭐, 그것도 중요하긴 하지. 하지만 더 중요한 게 있어. 그건 바로!"

"바로……?"

"날마다 빼먹지 않고 꾸준히 물을 줘야 한다는 것!"

고물토끼는 계속해서 물 주기의 비밀에 대해 이야기했다.

"그럼 마음에 물을 주는 건 무엇인지 알겠어?"

"모르겠어요. 그건 행운의 노트에도 쓰여 있지 않았던 것 같아요."

"이건 특급 비밀이거든. 가르쳐 줄게, 잘 들어! 우리가 행운주문을 찾았지?"

코치가 한껏 진지해져서 고개를 끄덕였다.

"마음에 물을 주는 건 행운주문을 날마다 반복해서 말하는 거야."

코치는 깜짝 놀라며 눈이 휘둥그레졌다.

“날마다요? 행운주문을 매일매일 그것도 여러 번 말하라고요?”

“그래, 매일매일! 그럼 평상시에도 나처럼 자연스럽게 행운주문이 튀어나오게 될 거야. 그럼 그 말들이 네 마음속에서 믿음이 되지. 행운이 올지 안 올지 의심하지 않고 네가 말하는 대로 이루어질 거라는 믿음! 이번 행운 다이어리는 행운주문을 열 번씩 말하고 체크하기!”

“열 번이요? 흠, 그 정도는 할 수 있을 것 같은데. 아무 때나 해도 돼요?”

“그래, 열 번씩만 하면 돼. 아, 잠들기 전에! 그리고 잠에서 깨어날 때 하는 게 가장 좋아. 알겠지? 윽…… 에에취이!”

고물토끼가 재채기를 하는 순간, 고물토끼 콧구멍에 끼워져 있던 휴지가 튕겨 나왔다. 코치는 그 모습을 보며 크게 웃었다.

“으하하, 뭐든지 다 아는 것처럼 멋있는 척할 때는 진짜 똑똑해 보이다가도, 이럴 때는 정말 웃긴다니까요! 하하하.”

코치는 어딘가 허술한 고물토끼가 점점 좋아지는 것 같았다.

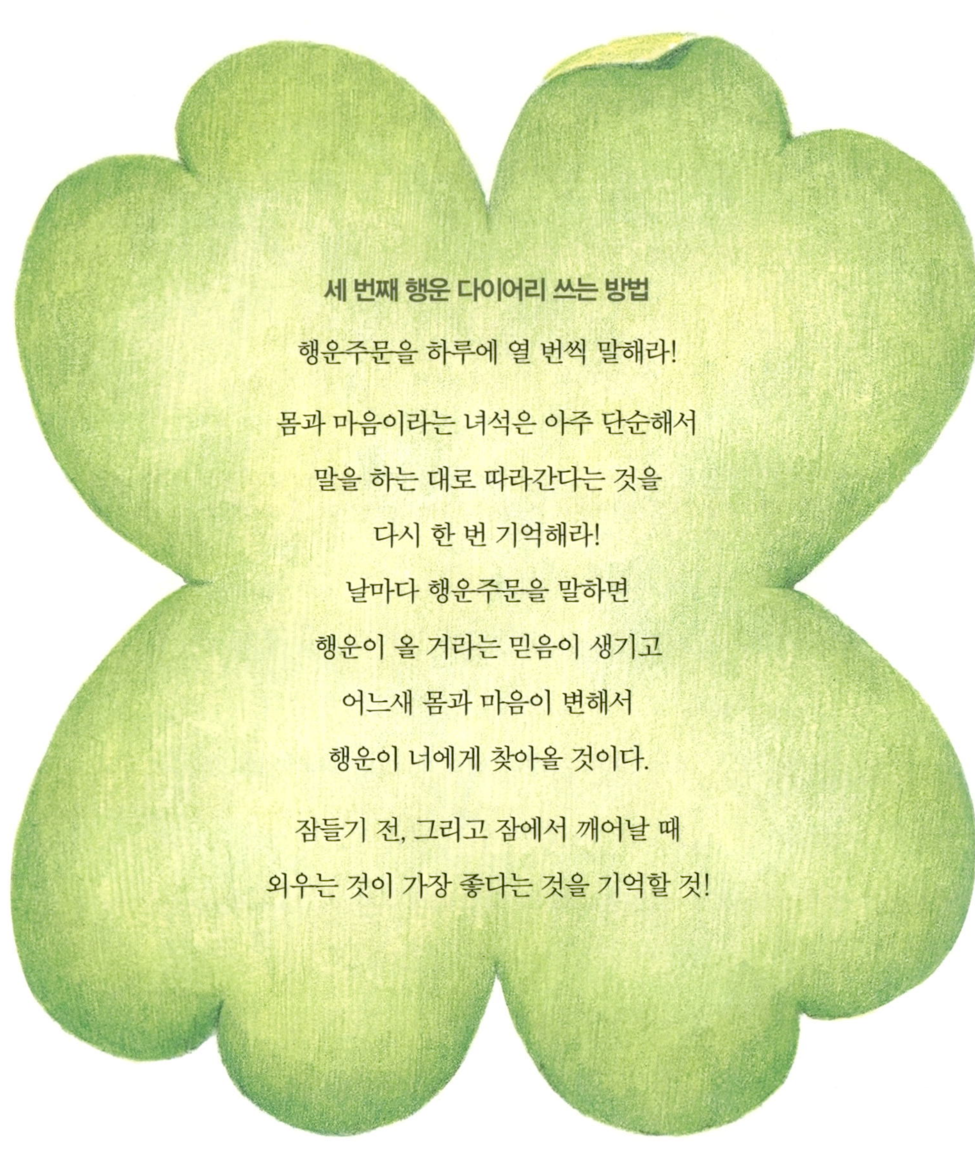

세 번째 행운 다이어리 쓰는 방법

행운주문을 하루에 열 번씩 말해라!

몸과 마음이라는 녀석은 아주 단순해서
말을 하는 대로 따라간다는 것을
다시 한 번 기억해라!
날마다 행운주문을 말하면
행운이 올 거라는 믿음이 생기고
어느새 몸과 마음이 변해서
행운이 너에게 찾아올 것이다.

잠들기 전, 그리고 잠에서 깨어날 때
외우는 것이 가장 좋다는 것을 기억할 것!

매일매일 행운주문 열 번씩 말하기

코치의
행운 다이어리

10월 20일 목요일

	주문 1	주문 2	주문3	주문 4
1	O	O	O	O
2	O	O	O	O
3	O	O	O	O
4	O	O	O	O
5	O	O	O	O
6	O	O	O	O
7	O	O	O	
8		O	O	
9		O		
10		O		

매일매일 행운주문 열 번씩 말하기

코치, 행운주문을 말하다

코치는 하루하루 열심히 행운주문을 말하고 다녔다. 물론 처음에는 까맣게 잊고 있다가 잠들기 전에 열 번씩 몰아쳐서 외우고는 행운 다이어리에 동그라미를 쳐 댔다.

"그렇게 해도 되지만, 조금씩 생활 속에서 써 보는 게 어때? 누가 단순한 녀석 아니랄까 봐 그렇게 몰아서 하는 거야?"

어느새 감기가 다 나은 고물토끼가 코치의 모습을 지켜보다가 말했다. 코치는 내일부터는 꼭 생활 속에서 행운주문을 말해 보리라 다짐했다.

세 번째 행운 다이어리를 쓰기 시작한 지 나흘째 되는 날, 토요일을 맞아 코치는 늦잠을 자고 일어나 고물토끼와 컴퓨터 게임을 하며 놀았다. 그런데 한참을 놀다 보니 배가 고팠다.

"아, 배고파. 밥을 먹어야겠어요. 고물토끼님은 배 안 고파요?"

그러고 보니 코치는 고물토끼가 무엇을 먹는 모습을 본 적이 없었다.

"고물토끼님은 뭘 먹고 지내시는 거예요?"

그러자 고물토끼는 방문 앞에 둔 보온 물병을 가리키며 말했다.

"내 아로로가 얼마나 신비한 곳인지 모르는구나? 난 저 안에서 먹고 자고 씻고 뭐든지 할 수 있어. 내가 씻기를 워낙 싫어해서 잘 안 씻을 뿐이지."

“그래서 그렇게 꾀죄죄한 모습이었군요! 헤헤.”

코치는 고물토끼의 이야기를 들을수록 아로로가 궁금해졌다. 그런데 그 순간, 꼬르륵!

“너 많이 배고프구나.”

“헤헤, 제가 원래 배고픈 걸 잘 못 참거든요. 그럼 저 밥 먹고 올게요.”

코치는 엄마에게 밥을 달라고 큰 소리로 말하며 방을 나섰다. 그리고 코치는 엄마가 차려준 밥을 무척 맛있게 먹었다.

“그렇게 맛있니? 오늘따라 더 맛있게 먹는 것 같구나.”

배부르게 밥을 먹고 난 코치는 자리에서 일어나려던 순간 행운주문이 생각났다. 코치는 어떻게 해야 할지 몰라 잠깐 동안 머뭇거렸다.

“왜 무슨 할 말이라도 있니?”

엄마가 이상한 낌새를 눈치채고 묻자, 코치는 머뭇거리다가 이내 용기를 냈다.

“잘…… 먹었습니다. 고맙습니다, 엄마……!”

코치는 엄마와 눈도 마주치지 못한 채 인사를 했다. 평소 하지 않던 말을 하려니 부끄러워서 얼굴에 화끈화끈 열이 나는 것 같았다. 인사를 하자마자 코치는 뒤돌아 방으로 뛰어 들어갔다. 이상하게 기분이 좋아진 코치는 여전히 게임에 빠져 있는 고물토끼를 끌고 놀이터로 나갔다. 마침 동네 친구들이 축구를 하며 놀고 있었다.

"축구가 저렇게 재미있나?"

코치가 혼잣말로 중얼거리는데 옆에서 티티의 목소리가 들렸다.

"코치야! 넌 축구 못 해? 애들이랑 같이 축구하지 그래?"

티티도 나와서 그네를 타고 있었던 것이다. 코치는 '난 못 해!' 하고 말하려다가 큰맘 먹고 또 한 번 용기를 냈다.

"할 수 있어! 내가 안 해서 그렇지 하면 잘한다고."

그러고는 축구를 하는 아이들을 향해 큰 소리로 말했다.

"애들아! 축구 같이 하자! 노노, 팡! 나도 할래!"

친구들도 처음으로 같이 놀자고 하는 코치를 외면하지 않았다. 코치는 친구들과 함께 신 나게 공을 차며 뛰어다녔다. 그런데 바로 그때, 코치에게 골을 넣을 수 있는 기회가 찾아왔다.

"코치야, 헤딩!"

뒤에서 달려오던 랑코가 소리쳤다. 노노와 팡도 시끌시끌하게 소리 지르며 달려왔다. 코치는 있는 힘껏 골문을 향해 공을 머리로 걷어 올렸다.

"우와, 골! 골!"

"와아, 골이다, 고~올!"

코치가 머리로 쳐올린 공이 골키퍼를 보던 더키 녀석 옆을 지나 골문으로 쏙 들어갔다. 그 모습을 지켜보던 친구들과 고물토끼는 팔짝팔짝 뛰며 기뻐했다.

"야호! 골이다, 골! 난 정말 행운아야!"

코치는 무척 기분이 좋아 자기도 모르게 행운주문이 튀어나왔다. 코치는 그렇게 한참을 친구들과 뛰놀았다. 시도 때도 없이 뾰족하게 솟아 올라오던 가시도 오늘은 잠잠했다.

신비로운 행운주문

코치가 세 번째 행운 다이어리를 쓰기 시작한 지 일주일이 되는 날이었다. 학교에서 돌아온 코치는 늦은 오후의 따뜻한 햇살을 받으며 할배언덕으로 올라갔다.

"할배! 할배! 저 왔어요."

"오호, 코치야. 오늘은 기분이 무척 좋아 보이는구나."

할배나무도 신이 난 코치 덕분에 덩달아 기분이 좋아졌다. 코치가 한창 학교에 있을 때 보온 물병으로 들어간 고물토끼는 피곤한지 밖으로 나올 생각을 안 했다.

"고물토끼님은 잠을 자는 것 같아요. 엄청난 잠꾸러기잖아요. 헤헤."

신이 나서 이야기하는 코치에게 할배나무가 빙긋이 웃으며 물었다.

"코치야, 요즘은 어떠니? 아직도 화가 많이 나고 불행하다고 느끼니?"

"아뇨, 조금은 행복해진 것 같아요."

코치는 싱긋 부끄러운 미소를 보이며 말했다.

"솔직히 매일매일 계속 행복하다고 느끼는 건 아니지만 점점 그런 때가 많아지는 것 같아요. 행운주문을 말하기 시작해서 그런지는 모르겠는데요. 엄마가 잔소리를 좀 덜 하시는 것 같아요. 아, 그리고 포포랑도 안 싸워서 포포가 우는 일도 줄었고요. 며칠 전에는 처음으로 친구들과 축구도 하며 놀았어요."

코치는 행복한 얼굴로 쉬지 않고 말했다.

"그래서 요즘은 왠지 풍족한 것 같아요."

그런데 그 순간, 보온 물병 안에서 고물토끼가 튀어나왔다.

"하암, 잘 잤다. 축하해, 코치!"

자다가 일어난 고물토끼의 뜬금없는 축하에 코치는 어리둥절했다.

"네? 또 무슨 엉뚱한 소리예요. 혹시 꿈 꿨어요?"

"할배! 할배도 이 녀석 칭찬 한 번 해 주세요. 벌써 3단계에 와서 하루에 열 번 행운주문을 외우고 있는데, 오늘 벌써 열 번도 넘게 행운주문을 말한 거 있죠!"

"허허, 정말? 축하한다, 코치야. 정말 잘했구나."

코치는 믿을 수 없었다.

"제가 열 번도 넘게 말했다고요? 별로 많이 안 한 것 같은데……."

"그렇지? 그런데 내가 옆에서 지켜보니까 처음에는 무지무지 용기 내고 노력해야 간신히 말하더니, 요즘은 아주 술술 아무렇지도 않게 말하던걸?"

코치는 믿을 수 없었지만 가만히 생각해 보니 그런 것 같기도 했다. 그래서 기분이 좋으면서도 신기하다는 생각이 들었다.

★ ★ ★ ★

"그런데 너, 뭔가 이상한 거 또 못 느꼈어?"

고물토끼는 뜬금없는 질문을 했다. 코치가 전혀 모르겠다는 표정을 짓자 고물토끼가 계속해서 말했다.

"네가 행운주문을 자연스럽게 말할 수 있었다는 건 그렇게 말하게 된 상황들이 있었다는 거 아니야?"

"그랬던 것 같아요. 처음에는 억지로 그런 말을 하려고 했는데요. 나중에는 고맙다고 인사할 일도 많았던 것 같고, 나에게 운이 따른다는 생각이 드는 일도 많았고……."

"그래, 바로 그거야. 몸과 마음이라는 녀석들은 무지 단순해서 말을 하는 대로 따라간다고 얘기했었잖아. 네가 좋은 말을 하니까 너 스스로 좋은 일이 생길 거라고 믿게 되고, 그러니까 너와 네 주변의 모든 것들이 좋은 쪽으로 움직이려고 해서 그런 상황들이 따라오게 된 거라는 말씀!"

"그러고 보니 다른 때는 고맙다고 인사할 일도 별로 없었던 것 같아요. 그런데 행운주문을 말하려고 하니까 맛있게 밥을 차려 준 엄마한테도 고마웠고, 같이 신 나게 놀고 내가 골을 넣었을 때 축하해 주었던 친구들한테도 고마웠어요."

코치가 초롱초롱한 눈빛으로 말하자 고물토끼는 뿌듯하다는 듯 오랜만에 멜빵바지 어깨끈을 퉁! 튕기며 어깨를 으쓱했다.

"기특하군! 사실 이전에도 일어났던 일들이었지만 네가 몰랐을 수도 있어. 분명한 건 행운주문을 많이 말할수록 좋은 일은 점점 많아진다는 사실이야. 행운주문을 반복해서 말할수록 그 말처럼 이루어질 거라고 믿게 되고, 말이 믿음이 될 때 진짜 효과를 발휘하기 시작하거든."

그러면서 고물토끼는 한마디 멋진 말을 남겼다.

"믿는 대로 이루어진다!"

코치는 하루하루가 재미없다고만 생각했었는데, 이제 좋은 일들이 많이 일어날 거라고 생각하니 앞으로가 점점 기대되었다. 고물토끼는 오늘도 빼먹을 수 없는 유명한 인물 이야기가 있다면서 놀라운 이야기를 전해 주었다.

"앞으로는 열 번이 아니라, 백 번, 이백 번, 천 번까지 행운주문을 말해 봐. 지난번에 사이토 히토리 녀석의 행운주문을 보여 줬지? 그 녀석은 이 비밀 법칙을 가르쳐 줬더니 하루에 천 번씩 행운주문을 말하고 다녔다는 거 아니겠어. 그리고 자기가 일본 최고의 부자가 된 걸 행운주문 덕분이라고 굳게 믿고 있지. 그렇게 사이토 히토리는 부자가 되었고…… 넌 뭐가 될래?"

고물토끼는 미래의 코치 모습을 상상이라도 하듯 흥미진진한 표정으로 이야기를 마쳤다. 잠시 후, 잠깐 생각에 빠져 있던 코치는 할배나무 곁으로 다가가 고물토끼가 듣지 못하도록 아주 작은 소리로 물었다.

"할배, 그런데요. 제가 끝까지 잘할 수 있을까요? 이렇게 해서 잠깐만 행복하다가 금세 다시 예전처럼 돌아가면 어떡해요?"

그러자 할배나무는 나지막한 소리로 말해 주었다.

"걱정하지 말거라. 끝까지 포기하지 말고 너 자신을 믿어 주렴!"

코치는 고개를 끄덕이며 한 번 더 마음을 가다듬었다. 실패할 것 같은 마음 때문에 슬쩍 투덜거려 본 것이었는데, 할배나무의 말에 그 마음이 금세 가라앉았다.

"할배, 둘이서 무슨 이야기를 그렇게 하는 거예요? 코치! 어서 집에 가야지? 너 또 엄마한테 혼난다!"

그날 밤, 코치는 잠들기 전에도 중얼거리면서 행운주문을 말했다. 그리고 꿈속에서조차 행운주문을 말하고 다녔다.

매일매일 행운주문 열 번씩 말하기

월 일 요일

	주문 1	주문 2	주문3	주문 4
1				
2				
3				
4				
5				
6				
7				
8				
9				
10				

행운의 법칙 제4단계

얄미운 랑코가 너무 부러워!

"학교 다녀오겠습니다!"

금요일 아침, 코치는 한껏 들뜬 기분으로 집을 나섰다. 세 번째 행운 다이어리 쓰기가 끝난 후에도 코치의 행운주문 말하기는 계속되고 있었다. 그래서인지 자고 일어날 때 눈도 번쩍 떠졌고, 아침부터 놀아 달라고 칭얼대는 포포도 귀여워 보였다.

"와, 단풍이 정말 예쁘네!"

등굣길, 코치는 길가의 나무를 보면서도 감탄했다. 초록빛 옷에서 어느새 노랗고 빨간 옷으로 갈아입은 나무 잎사귀들까지도 예뻐 보였다.

게다가 저 앞에 가고 있는 저 소녀는 바로 티티? 학교 가는 길에, 그것도 우연히 티티와 마주치다니! 티티는 꽃송이가 작은 국화 한 다발을 들고 학교를 향해 걸어가고 있었다. 코치는 웬지 오늘 하루가 기분 좋은 날이 될 것 같아 무척 기대되었다. 그런데 코치가 티티에게 다가가 인사하려는 순간! 코치의 눈앞에 믿을 수 없는 광경이 펼쳐졌다.

"랑코야! 안녕?"

학교 정문 바로 앞에서 느닷없이 나타난 랑코에게 티티가 먼저 인사를 건넨 것이다. 콧대 높기로 유명한 티티가, 코치에게 단 한 번도 먼저 인사를 건네주지 않던 티티가 랑코에게 먼저 인사를 하다니…….

"얄미운 랑코 녀석……."

코치는 이야기를 나누며 걸어가는 랑코와 티티를 멍하니 바라보며 작은 소리로 구시렁거릴 뿐이었다. 코치가 교실로 들어서자, 먼저 교실로 들어가 있던 랑코가 티티를 비롯한 여러 친구들에게 둘러싸여 있었다.

"와, 랑코야. 너 오늘 꼬리가 더 멋져 보인다!"

"맞아, 맞아! 진짜 부드러울 것 같아. 만져 봐도 돼?"

아이들의 끊임없는 칭찬에 랑코는 꼬리를 한껏 뽐내며 으스대고 있었다.

"뭐가 멋있다고 난리람, 쳇!"

코치는 콧방귀를 뀌며 투덜거렸다. 그러고는 랑코와 친구들을 외면한 채 자리로 가 우당탕탕 소리를 내며 의자에 앉았다. 사실 친구들이 저렇게 랑코를 멋지다고 칭찬하는 건 하루 이틀 일이 아니었다. 하지만 오늘따라 유난히 더 많은 친구들이 모여 랑코를 치켜세우는 모습이 코치는 영 못마땅했다.

"녀석들아, 수업 시작해야지? 반장, 인사!"

선생님이 들어오신 후에야 시끄러웠던 교실이 조용해졌다. 코치는 이제 겨우 랑코 녀석의 잘난 척을 그만 보겠구나 싶었다.

"지난 시간에 배운 내용이 무엇이었는지 기억나는 사람?"

선생님이 아이들을 향해 질문을 던진 순간, 랑코 녀석이 제일 먼저 손을 들고 일어나 대답하기 시작했다.

"역시 랑코는 복습도 잘하는구나! 잘했다, 랑코!"

선생님의 칭찬에 친구들은 고개를 끄덕였고, 몇몇 아이들은 랑코에게 최고라는 손짓을 해 주었다. 코치 옆에 앉아 있던 티티도 랑코 녀석을 보면서 계속해서 미소를 짓고 있었다. 그런 티티를 보자 코치는 질투심에 못 이겨 자기도 모르게 뾰족 가시를 아주 빳빳이 세워 버렸다. 그런데 티티는 그런 코치의 모습도 보고 있었다. 코치는 티티에게 멋

진 모습을 보여 주기는커녕 뾰족한 밤송이처럼 된 못난 모습만 보여 주게 된 꼴이었다.

★　★　★　★

"으으, 얄미운 랑코 녀석……!"

수업이 끝난 후, 코치는 잔뜩 성질을 내며 학교 정문을 나섰다. 질투심에 심통까지 더해져서 뾰족하게 솟아버린 가시는 아직도 하늘을 찌를 듯 기세등등해 있었다.

"그 녀석이 뭐가 멋있다는 거야 대체!"

코치는 계속해서 씩씩거리며 할배언덕으로 올라갔다.

"우리 코치 왔구나! 어서 오렴."

할배나무가 먼저 코치에게 인사를 건네는데, 코치의 책가방에서 고물토끼가 불쑥 얼굴을 내밀었다.

"이 녀석 오늘 왜 이렇게 시끄러워? 어이쿠, 할배! 얘 좀 보세요. 또 밤송이 코치가 됐어요."

이번에 고물토끼의 새로운 아로로 입구로 당첨된 것은 코치의 필통이었다. 항상 책가방 속에 넣고 다니니까 따뜻하고 연필들이랑 같이

135

덜거덕거리는 게 재미있다나? 고물토끼는 코치를 구박하는 데 이어 새로운 아로로 입구까지 소개하면서 한참 동안 떠들어 댔다. 할배나무는 껄껄 웃으며 말없이 씩씩거리고 있는 코치를 쓰다듬어 주었다. 하지만 단단히 뿔이 난 코치는 대꾸도 하지 않았다. 고물토끼는 그런 코치를 계속해서 놀려 댔다.

"오랜만인 것 같아. 그렇게 뾰족해진 모습! 내가 필통 속에서 가만히 들어 보니까 랑코 녀석 때문에 그러는 것 같던데. 대체 왜 그러는 거야? 랑코가 뭘 잘못한 것은 아니잖아. 너…… 솔직히 말해 봐. 랑코가 부러워서 그러는 거지?"

그 순간, 코치는 버럭 소리를 질렀다.

"아니에요, 아니라고요! 잘 모르면서 그렇게 말하지 마요! 쳇!"

하지만 고물토끼는 아랑곳하지 않고 계속 코치의 속을 긁었다.

"에이, 잘 생각해 봐. 지금 너의 숨겨진 마음을 잘 읽어 보라고. 아마 부러워서 그러는 걸 거야! 맞지?"

고물토끼가 다짜고짜 우기면서 코치를 놀려 대는데, 코치가 갑자기 울음을 터뜨렸다.

"얄미워 죽겠는데 부럽단 말이에요. 으앙~"

한 번 터진 코치의 울음은 쉽게 그치지 않았다. 그러면서 마음속에

쌓아 뒀던 말들을 쏟아 내기 시작했다.

"친구들도 선생님도 모두 랑코를 좋아해요. 그 녀석은 잘난 척 대장인데, 흑흑……. 그리고 랑코 그 녀석…… 티티랑 엄청 친해 보였어요. 티티도 랑코를 좋아하는 것 같단 말이에요. 으엉엉~"

코치는 티티 이야기를 하면서 더 큰 소리로 울었다. 할배나무는 그런 코치가 안쓰러워 말없이 등을 쓸어 줄 뿐이었다. 고물토끼는 갑자기 우는 코치를 보고 잠시 난감해하는 표정을 지었다. 하지만 아주 잠깐이었을 뿐, 코치의 말에 맞장구 아닌 맞장구를 쳐 주기 시작했다.

"그래, 그게 솔직해! 그리고 랑코가 인기가 많은 건 공부면 공부, 운동이면 운동, 외모면 외모! 뭐 하나 빠지는 게 없으니까 그런 거지. 랑코는 뭐든지 잘하고 예의도 바르고 잘 웃기까지 하지? 그렇지? 그러니까 다들 좋아하는 거 아니겠어?"

고물토끼가 말끝마다 옳은 소리를 하자, 코치는 바짝 약이 올라 버럭 소리를 질렀다.

"그래서 저는 랑코가 싫다고요! 흐아앙!"

"그래서! 너도 그렇게 되고 싶다는 거 아니야?"

코치는 그 말을 인정할 수밖에 없었다. 그게 진짜 코치의 속마음이었다.

"그래요! 하지만…… 안 될 것 같아요. 난 공부도 못하고 운동도 못해요. 친절하지도 않고 가시도 뾰족하고요. 그래서 모두들 날 싫어하고, 티티도…… 티티도 날 싫어하는 것 같아요. 엉엉~"

"너도 변하고 있잖아. 행운아가 되면 넌 랑코보다 더 멋있어질 거야!"

고물토끼는 코치를 처음 만났을 때부터 한결같이 똑같은 말을 하고 있었다. 할배나무도 마찬가지였다. 하지만 코치 마음속에는 여전히 해결되지 않는 중요한 한 가지가 남아 있었다. 코치는 그 솔직한 마음을 다 털어놓았다.

"내가 노력한다고 해서 변할 수 있을까요? 나는 안 될 것 같아요. 행운주문을 말하면서 아주 조금 변한 것 같기는 하지만 이러다가 말 것 같기도 하고……. 언젠가는 못난 모습이 다시 튀어나올 거라고요. 오늘처럼요."

고물토끼는 이제야 코치가 자신의 진짜 속마음을 알게 된 것이라고 했다.

"네가 지금 화가 나고 성질이 나는 건 두려워서 그런 거야. 랑코가 부러워서 그런 것도 있지만, 앞으로 하는 일에 실패할까 봐, 선생님과 친구들 모두에게 거절당할까 봐, 또 행운아가 안 될까 봐 두려운 거라고."

코치는 그제야 눈물을 훔치며 가만히 생각했다.

'내가 두려워하고 있다고?'

코치는 스스로에게 던진 이 질문에 아니라고 답하고 싶었다. 하지만 깊이 생각해 보니 고물토끼의 말이 맞았다. 코치는 자신도 모르고 있던 진짜 자신의 모습을 보게 된 것 같았다. 코치가 한참을 훌쩍거리며 생각하고 있을 때, 고물토끼가 말했다.

"이번에는 참 어렵게 4단계로 넘어가는 것 같다. 그렇지?"

코치는 아무 말도 하지 않고 고개만 끄덕였다.

"그래, 이제 진정하고 할배나무랑 인사해. 집에 가서 한숨 자고 행운의 노트를 보기로 하자. 알겠지, 울보 코치?"

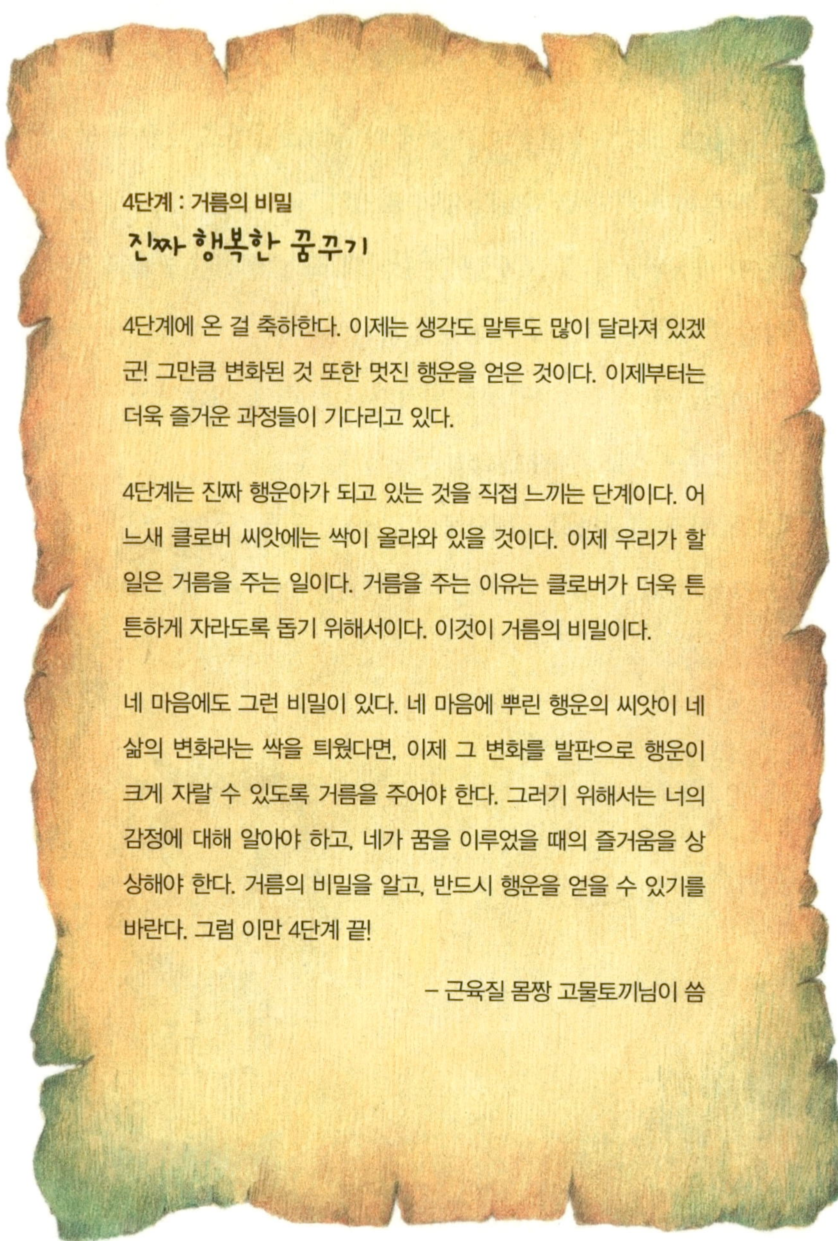

4단계 : 거름의 비밀
진짜 행복한 꿈꾸기

4단계에 온 걸 축하한다. 이제는 생각도 말투도 많이 달라져 있겠군! 그만큼 변화된 것 또한 멋진 행운을 얻은 것이다. 이제부터는 더욱 즐거운 과정들이 기다리고 있다.

4단계는 진짜 행운아가 되고 있는 것을 직접 느끼는 단계이다. 어느새 클로버 씨앗에는 싹이 올라와 있을 것이다. 이제 우리가 할 일은 거름을 주는 일이다. 거름을 주는 이유는 클로버가 더욱 튼튼하게 자라도록 돕기 위해서이다. 이것이 거름의 비밀이다.

네 마음에도 그런 비밀이 있다. 네 마음에 뿌린 행운의 씨앗이 네 삶의 변화라는 싹을 틔웠다면, 이제 그 변화를 발판으로 행운이 크게 자랄 수 있도록 거름을 주어야 한다. 그러기 위해서는 너의 감정에 대해 알아야 하고, 네가 꿈을 이루었을 때의 즐거움을 상상해야 한다. 거름의 비밀을 알고, 반드시 행운을 얻을 수 있기를 바란다. 그럼 이만 4단계 끝!

– 근육질 몸짱 고물토끼님이 씀

코치는 집에 오자마자 쓰러져 잠을 잤다. 저녁을 먹기 전에 잠이 들었는데 늦은 밤이 되어도 일어날 생각을 안 했다.

"코치 이 녀석, 진짜 잘 자네. 하긴 그렇게 울었으니 힘들만도 하지. 푹 자고 일어나면 개운할 거다! 하암…… 나도 좀 더 잘까?"

자고 있는 코치를 보며 고물토끼도 어느새 스르르 잠들었다.

다음날은 학교에 안 가는 토요일이었다. 창문으로 쏟아져 들어오는 밝은 햇살에 코치는 퉁퉁 붓고 눈곱이 잔뜩 붙은 눈을 비비적거리며 일어났다. 코치는 멍하니 앉아 어제 있었던 일을 생각했다. 한없이 울다가 내려왔던 기억 끝에 행운의 노트 4단계를 보라는 고물토끼의 말이 생각났다. 코치는 잠이 덜 깬 눈으로 행운의 노트를 펼쳐 들었다. 그런데 4단계를 읽던 코치는 우당탕탕! 마당으로 뛰어나갔다.

"으응……? 무슨 일이야? 하아~암."

쿨쿨 자고 있던 고물토끼는 깜짝 놀라서 일어나 뛰어나가는 코치를 쫓아 나갔다. 마당으로 나간 코치는 클로버 화분으로 달려갔다.

"우와, 싹이에요, 싹!"

코치는 화분을 가리키며 큰 소리로 말했다.

"내 클로버가 싹이 났다고요. 이걸 좀 봐요!"

고물토끼는 싹을 보고 마냥 좋아하는 코치를 보며 한참 동안 웃었다. 코치는 무척이나 신기해하며 가만히 클로버 싹을 보았다. 그런데 잠시 후, 시무룩한 표정을 하고는 걱정스럽게 말했다.

"그런데요, 이 싹들이 튼튼하게 잘 자랄까요? 너무 약해서 시들어 죽지는 않을까요?"

"그럴 줄 알았어. 너 지금 클로버가 죽을까 봐 걱정하는 거지?"

"네……."

코치는 정말로 클로버 싹이 죽을 수도 있다는 생각에 힘없이 대답했다. 그런 코치에게 고물토끼는 자신만만하게 말했다.

"내가 누구야? 근육질 몸짱 고물토끼님 아니야! 이 싹들이 죽지 않고 잘 자라게 하는 방법을 알려 주면 되잖아! 안 그래?"

"네, 맞아요. 좋은 방법이 있어요? 뭔데요, 뭔데요?"

"네가 급하긴 급하구나! 좋아, 내가 알려 줄게. 난 무지무지 착한 고물토끼니까! 하하."

고물토끼는 멜빵바지 어깨끈을 퉁기면서 잘난 척을 하더니 코치에게 질문 하나를 던졌다.

"네가 클로버에게 해 줄 수 있는 건 뭐가 있을까? 물 주는 것 빼고 말이야."

코치는 잠깐 동안 곰곰이 생각하다가 대답했다.

"행운의 노트에서…… 거름! 거름을 줘야 한다고 했죠?"

"그래, 맞아! 우연히 맞힌 걸 수도 있지만 왠지 이제야 좀 말이 통하는 것 같은데?"

고물토끼의 칭찬에 코치는 표정이 조금 밝아졌다.

"자, 그럼 거름을 주면서 다음 이야기를 계속해 볼까?"

고물토끼와 코치는 우선 거름부터 구해 오기로 했다.

★　★　★　★

"고물토끼님! 빨리 와 보세요. 빨리요!"

코치는 한참 후에 어디선가 거름으로 쓸 것을 구해 왔다. 그런데 비닐봉지를 여는 순간! 코치는 냉큼 코를 쥐어 막았다.

"읍…… 냄새!"

고물토끼는 어느새 빨래집게로 코를 막고 여유만만하게 앉아 있었다.

"거름이니까 냄새가 나지. 사실 클로버를 키울 때 꼭 거름을 줘야 하는 건 아니야. 채소 같은 식물을 키울 때 거름을 주는 거지."

"그럼 왜 클로버에 거름을 줘요?"

"행운의 비밀 법칙을 알려면 거름을 줘야 하기 때문이지. 이런 냄새도 맡아 보고 4단계도 알아 가고. 좋잖아? 이런 걸 일석이조라고 하는 거야."

코치는 여전히 코를 쥐어 막고 화분에 거름을 정성껏 얹어 주었다.

"고약한 냄새 때문에 힘들어요. 그러니까 빨리 거름의 비밀이나 이야기해 주세요."

고물토끼는 코를 쥐고 맹맹한 목소리로 말하는 코치가 귀엽다면서 한참을 웃어 댔다.

"알겠어, 알겠어. 거름은 왜 주는 거라고 했지?"

"식물이 튼튼하게 쑥쑥 잘 자라라고 주는 거죠!"

코치의 자신 있는 대답에 고물토끼는 조금 놀란 눈치였다.

"웬일이야? 그렇게 자신 있게 대답을 다 하고."

"저는 못 하는 게 없잖아요. 고물토끼님의 질문에 대한 답은 행운의 노트를 꼼꼼하게 잘 읽으면 다 알 수 있다는 걸 알았어요."

"와, 대단한 발전인데? 아주 잘하고 있어!"

고물토끼는 코치에게 또 다른 질문을 했다.

"그럼 마음에 거름을 주는 건 뭘까?"

코치는 다시 행운의 노트 내용을 생각해 봤지만 이번엔 마땅한 답을 찾지 못했다.

"감정이라고 했나? 즐거운 상상? 뭐라고 했던 것 같은데, 잘 모르겠어요."

"잘 들어 봐. 마음에 거름을 주는 건 감정에 대한 이야기야. 먼저 네 감정에 대해 알아야 하는데…… 너 감정이라고 하면 제일 먼저 뭐가 떠올라?"

코치는 가만히 생각하더니 머릿속에 떠오르는 것들 몇 가지를 말했다.

"화나는 감정? 속상한 감정? 짜증 나는 감정? 아, 잘 모르겠어요."

"그럴 줄 알았어! 잘 들어 봐. 1단계에서 말이 씨앗이라고 했지? 상상을 하는 것도 씨앗이 될 수 있어. 어떤 상상을 반복해서 어떤 감정을 갖느냐에 따라 네 미래의 모습이 달라지지."

"음…… 어떻게 해야 하는 건지 아직 잘 모르겠는데요."

코치는 꽤 답답한 듯 궁금한 표정을 지었다.

"너 어제 한참 울면서 네 마음속에 여러 가지 두려움이 있다는 걸 알았지? 두려워하는 감정은 네 행운을 자랄 수 없게 만들어. 네가 방금 떠올린 감정도 모두 부정적이잖아. 네 행운의 싹이 무럭무럭 자라게 하려면 두려움과 정반대인 감정을 가져야 하지. 그럼 두려움의 반대는 뭘까?"

코치는 언제나 고물토끼의 질문은 알 수가 없다면서 투덜거렸다.

“두려움의 반대는 사랑이야. 사랑의 감정이 좋은 거름이 되는 거지.”

“사랑……이요? 윽, 으히히…….”

코치는 사랑이라는 말에 몸을 배배 꼬면서 키득거렸다.

“뭐야, 왜 이래? 뭐가 이상해? 네가 좋아하는 티티를 사랑하라고 말하는 것도 아닌데, 뭘 그렇게 부끄러워하고 그래!”

고물토끼의 말에 코치는 발그레해진 얼굴을 겨우 진정시켰다.

“두려운 마음은 괜찮다고 인정하고, 점점 더 많은 사랑의 감정을 가져야 해.”

고물토끼는 그 말을 하고 스스로 멋지다고 생각했는지 또 한 번 멜빵바지 어깨끈을 퉁 튕기고는 계속해서 말했다.

“실패할까 봐, 거절당할까 봐 두려워하면 네 마음의 흙에서 이제 겨우 싹을 틔운 행운이라는 녀석은 힘없이 죽고 말거야.”

“그럼 어떻게 해요……. 저는 두려움이 많은걸요.”

“그렇지? 그렇다고 두려운 마음을 억지로 몰아낼 수는 없잖아. 몰아낸다고 두려움이라는 녀석이 없어지지도 않을 거고 말이야! 두려운 마음이 들 때는 거울을 보면서 괜찮다고 스스로 위로해 줘. 그리고 언제나 좋은 생각을 하면서 할 수 있다고 말하고, 참 좋다는 마음, 행복하다는 마음으로 사랑의 감정을 가지면 돼.”

오늘 고물토끼는 코치가 지금껏 본 모습 중에서 가장 진지한 모습이었다. 그만큼 거름의 비밀이 중요하다는 의미일 것이다.

"그런데 어떻게 하면 항상 좋은 생각을 할 수 있어요? 뭘 하려다가도 자꾸 나쁜 생각이 들면서 못 할 것 같다는 불안한 마음이 생길 수 있잖아요."

코치는 확실한 방법을 배워서 '두려움 코치'가 아닌 '사랑 코치'가 되고 싶었다. 그래야 진짜 행운아가 될 수 있을 것 같았다. 고물토끼도 그런 코치의 마음을 알았는지 한껏 칭찬해 주면서 방법을 알려 주었다.

"그렇게 적극적인 모습은 처음 보는 것 같다. 아주 좋은 자세야! 물론 방법이 있지. 그게 뭐냐 하면…… 바로!"

코치는 고물토끼의 입을 주시하며 귀를 기울였다.

"네가 행운아가 되었을 때를 상상해 보는 거야. 행운을 얻었을 때를 상상하면 기분이 좋아지고, 점점 좋은 마음, 사랑의 감정이 생기거든. 그 감정이 거름이 되어서 행운이 쑥쑥 자랄 수 있게 될 거야."

이렇게 한참을 설명하던 고물토끼는 신이 난 목소리로 말했다.

"드디어 유난히 길게 느껴졌던 4단계 이야기가 마무리될 때인 것 같군! 네 번째 행운 다이어리가 널 도와줄 테니 읽어 봐."

"네 번째 행운 다이어리는 뭘 하면 되는데요?"

“네가 행운아가 되었을 때의 모습을 상상하면서 상상그림을 그리는 거야. 어때, 쉽지? 네가 미래에 되고 싶은 모습이나 이루어졌으면 하는 것들을 그림으로 그려 봐!”

“상상그림이요? 설마 지금 그림을 그리라는 거예요?”

코치는 그림이라는 말에 놀란 토끼눈이 되었다. 워낙 그림을 못 그리는 터라 영 자신이 없었다.

“너 그렇게 토끼눈 뜨면…… 나처럼 토끼 된다! 하하.”

고물토끼는 코치를 놀리며 잘해 보라고, 기대하겠다고 말해 주었다. 코치는 뭐든지 할 수 있다는 행운주문을 다시 한 번 외웠다. 그리고 만만해 보이지 않지만 이번 행운 다이어리도 잘해 보겠다고, 쉽지 않은 다짐을 했다.

네 번째 행운 다이어리 쓰는 방법

상상그림을 그려라!

행운이 다가왔을 때의 모습을
즐겁게 상상해 보아라.
미래를 즐겁게 상상하면 할수록
이제 막 싹을 틔운 행운이
쑥쑥 자랄 것이다.
그리고 어느새 그림 속 상상의 행운이
현실로 다가와 있을 것이다!

행복한 상상, 그리고 그림

그림이라는 말에 잔뜩 겁을 먹은 코치는 네 번째 행운 다이어리를 쉽게 시작하지 못했다. 그렇게 4일째 되던 날, 코치는 또다시 행운 다이어리를 펼쳐 놓고 한숨을 내쉬었다.

"으잉? 이게 뭐야. 아직 하나도 안 그린 거야? 왜 이러고 앉아 있어?"

고물토끼가 놀라 묻자, 코치는 특유의 투덜거림으로 하소연을 했다.

"그림은 진짜 자신이 없어요……. 분명히 못 그릴 게 뻔해요. 그런데도 꼭 그려야 해요? 꼭꼭꼭? 아…… 너무 너무 너무 어려워요."

"누가 투덜이 코치 아니랄까 봐! 너무 잘 그리려고 하지 않아도 돼. 그림 대회 나가는 것도 아닌데 뭐. 그냥 즐겁고 행복한 마음으로 쓱쓱 그려! 음……, 너무 어려우면 신문이나 잡지에서 네가 되고 싶은 모습을 찾아서 오려 붙이고, 거기에 추가해서 그림을 그려도 좋을 거야. 어때, 해 볼만 하겠어?"

고물토끼의 조언에 코치는 번쩍 눈이 뜨이는 것 같았다.

"아! 그렇게 좋은 방법이 있었네요? 진작 가르쳐 주지 그랬어요. 이제 해 볼게요, 진짜!"

그리고 며칠 동안 코치는 평소 하지 않던 일들을 몇 가지 해 보았다. 우선 아빠의 신문을 들척여 보았다.

“코치가 어쩐 일로 신문을 다 보냐? 뭐 볼 거라도 있니?”

신문을 보는 코치에게 무뚝뚝한 아빠가 신기해하며 말을 건넸다.

“아니요, 특별한 건 아니고요. 사진들 중에서 사진처럼 되면 행복할 것 같은 모습이 있는지 살펴봤어요.”

“그래? 음…….”

아빠는 한참 동안 코치 옆에서 같이 신문을 뒤적거리더니 이런 사진은 어떠냐, 저런 사진은 어떠냐 하며 함께 사진을 찾아 주었다. 덕분에 코치는 아빠와 도란도란 대화를 나누게 되어서, 조금은 어색하기도 했지만 기분이 참 좋았다. 코치는 엄마의 잡지도 들춰 보았다. 엄마가 보는 잡지에는 굉장히 많은 사진들이 실려 있었다.

“엄마, 이 사진 좀 잘라서 가져도 돼요?”

잡지를 훑어보다가 마음에 드는 사진을 발견한 코치는 엄마에게 부탁했다. 엄마는 흔쾌히 허락해 주었다.

“그렇게 하렴. 학교 숙제니?”

코치는 아빠에게 설명했던 것처럼 자기가 하고 있는 것에 대해 이야기했다.

“그래? 호호. 그거 참 재미있겠구나. 엄마도 같이 찾아 줄까?”

엄마도 아빠처럼 흥미로워하면서 코치 옆에서 같이 잡지를 살펴봐

주었다. 코치는 사진을 고르고 또 골라 마음에 드는 사진들을 어느 정도 모았다. 그러고는 사진을 가지런하게 오리고 붙이면서 코치만의 네 번째 행운 다이어리를 만들어 갔다. 차례차례 사진을 붙인 후에 슥슥 그림도 그렸다.

"꽤 심각한 얼굴이네? 잘돼 가?"

고물토끼가 게임을 하다가 넌지시 물어 보았지만 코치는 대답도 하지 않았다. 온몸으로 그림을 가리고는 보여 주지도 않았다.

"조금만 보여 주면 안 돼? 너무 궁금해서 그래. 응?"

고물토끼가 몇 번이나 부탁을 해 봤지만 코치의 고집을 꺾을 수는 없었다. 그림을 그리는 동안 코치는 고물토끼를 가까이 오지 못하게 했다.

그렇게 코치의 상상그림은 하나하나 완성되어 가고 있었다.

★ ★ ★ ★

일주일이 지난 토요일 오후, 늦잠을 자고 일어난 고물토끼는 슬며시 코치를 살폈다. 그런데 오늘은 웬일인지 코치가 그림을 그리지 않고 게임을 하고 있었다.

"저 녀석……, 작업이 끝난 것 같은데?"

뭔가 낌새를 알아차린 고물토끼는 코치에게 살금살금 다가갔다.

"코치 화백님! 오늘은 왜 그림 안 그리세요?"

코치는 한참을 망설이더니 발그레해진 얼굴로 말했다.

"그게…… 그릴 건 다 그린 것 같아요."

코치는 이 말을 하는 순간 고물토끼가 당장 그림을 보여 달라고 할 게 뻔했기 때문에 망설이며 가만히 있었던 것이다. 하지만 고물토끼는 그 마음을 아는지 모르는지 얼른 그림을 보여 달라고 마구 졸라 대기 시작했다.

"빨리 보여 줘. 다 그렸으면 보여 줘야지! 어서, 어서!"

코치는 영 자신이 없는 눈치였지만 끊임없이 졸라 대는 고물토끼 때문에 어쩔 수 없이 행운 다이어리를 꺼냈다. 꼬박 일주일 동안 끙끙거리며 그린 그림이 어느새 행운 다이어리의 빈 칸을 다 채우고 있었다. 코치가 큰맘 먹고 행운 다이어리를 넘긴 순간, 고물토끼가 갑자기 웃음을 터뜨렸다.

"으하하, 으하하하! 너 왜 이렇게 웃기냐? 내가 여러 애들을 만나 봤지만 그림으로 날 이렇게 웃긴 녀석은 네가 처음이야. 으하하하! 이게 손으로 그린 거야, 발로 그린 거야? 으하하, 아이고 배야!"

코치는 너무나 창피한 나머지 얼굴이 빨갛게 달아올라 행운 다이어리를 확 빼앗아 버리고 싶었다. 하지만 고물토끼를 말릴 수는 없었다.

"할배도 보여 드려야지! 어서 가자고! 으하하하!"

고물토끼는 코치의 행운 다이어리를 들고 벌써 저만큼이나 달아나 할배언덕으로 올라가고 있었다.

상상그림 그리기!

상상그림 그리기!

코치의 상상그림 엿보기

"할배, 진짜 웃기죠. 그렇죠?"

고물토끼는 할배나무와 같이 코치의 그림을 한 장 한 장 구경하고 있었다. 코치가 할배언덕에 도착하자 고물토끼가 코치에게 물었다.

"한두 장만 그릴 줄 알았더니 왜 넉 장이나 그렸어?"

"그리다 보니까 이루고 싶은 것들이 계속 떠올랐어요. 그래서 한 장씩 그렸더니……."

코치가 말끝을 흐리자 할배나무가 코치에게 말했다.

"코치야, 아주 멋진 그림들을 그렸구나. 어려웠을 텐데 정성을 많이 들인 것 같아서 보기 좋단다. 우리에게 한 장씩 설명해 줄 수 있겠니?"

할배나무의 말에 코치는 용기를 내어 상상그림을 설명해 보기로 했다.

"첫 번째 그림은 행복한 학교를 세운 모습을 그렸어요. 아이들이 모두 웃으면서 행복하게 다니는 학교요. 여기에 저도 활짝 웃고 있고요."

코치는 고물토끼를 만나 생각해 냈던 꿈을 상상하며 그렸다고 했다. 그림 속 코치는 행복한 학교에서 진심으로 행복한 표정을 짓고 있었다. 보기만 해도 기분이 좋아지는 모습이었다.

"두 번째 그림부터는 그리기 어려웠어요. 행복한 학교를 세우려면 무엇을 해야 좋을지 생각해야 했거든요.”

“그래서?”

성격이 급한 고물토끼가 빨리 이야기해 달라고 다그쳤다.

“그래서 생각해 보니까 무엇을 하더라도 공부는 잘해야 할 것 같다
는 생각을 했어요. 그래서…….”

“설마 성적 우수상을 받는 모습을 그린 거야? 성적이 많이 올라야 받
을 수 있다는 그 상?”

“네……, 이루어질지는 모르지만……. 공부를 워낙 안 해서 계속 성적
이 안 좋았거든요. 그래도 앞으로 열심히 노력해 보면 되지 않을까요?
며칠 있으면 곧 시험이 있으니까 지금부터라도 열심히 해 보려고요.”

코치는 부끄러운 듯 배시시 웃으며 그림을 설명했다. 상을 받을 수
있다는 자신이 있어서라기보다는 그런 날이 오면 정말 좋을 것 같아서
이런 그림을 그렸다고 했다.

“그래, 우선 행복한 미래를 상상해 보는 거니까! 아주 잘했어.”

고물토끼는 코치에게 칭찬을 한마디 해 주었다. 그리고 그다음 그림
을 더더욱 기대하는 눈치를 보였다.

“이 그림은 뭐야? 친구들이랑 널 그린 거 아니야?”

“맞아요. 지금은 제가 조금 변해서 친구들이랑 이야기도 하고 함께

놀기도 하는데요, 앞으로 더 많이 친해져서 이렇게 같이 웃으며 사이 좋게 지내면 정말 행복할 것 같아 그린 거예요.”

그림 속에는 코치 옆에 티티가 해맑게 웃고 있었고, 랑코와 노노, 팡까지 모두 즐겁게 어울려 놀고 있었다. 그 모습을 상상하는 코치의 얼굴에 행복한 마음이 그대로 드러났다.

“이제 한 장 남았구나. 마지막 그림도 설명해 주겠니?”

묵묵하게 코치의 이야기를 듣던 할배나무가 코치에게 부탁했다.

“이 그림은 행복한 우리 가족을 그린 거예요. 두 분도 잘 아시죠? 그동안 항상 제가 말썽을 부리고 심통을 내서 엄마 아빠가 많이 싸우기도 하셨잖아요. 요즘은 좀 나아지긴 했지만, 동생 포포도 매일 못살게 굴었고요. 제가 행운아가 되어서 부모님께 효도도 하고, 포포랑도 사이좋게 지내면 우리 가족은 이렇게 행복해지겠죠?”

코치의 그림들은 잘 그린 그림은 아니었지만 무척이나 감동적이었다. 상상그림 설명을 마친 코치는 쑥스러웠지만 한편으로는 뿌듯했다.

할배나무는 나뭇가지 손으로 코치의 머리를 쓰다듬어 주었다.

"코치야, 정말 멋졌단다. 네 상상그림이 앞으로 네게 일어날 일들이라고 생각하니 벌써 마음이 든든해지고 기대가 되는구나."

"네. 감사해요, 할배."

코치는 오늘따라 할배나무의 말이 더욱 푸근하게 느껴졌다. 그래서인지 코치와 할배나무는 다른 때보다 유난히 더 다정해 보였다. 고물토끼는 그렇게까지 자상한 할배나무를 이해할 수 없다며 흔들흔들 고개를 저었다.

"할배는 너무 심하게 칭찬을 하신다니까. 정말 못 말려."

혼자 중얼거리던 고물토끼가 슬쩍 코치에게 다가가 말했다.

"눈치코치! 이제 상상그림들을 어떻게 할 셈이야?"

"음, 글쎄요……."

코치는 갑자기 무언가 번뜩이는 생각이 났는지 손뼉을 탁 치며 말했다.

"아! 고물토끼님이 행운주문을 반복하는 것처럼 상상도 반복하라고 했잖아요! 맞죠, 맞죠?"

코치는 이번만큼은 정말로 자신 있게 대답했다. 고물토끼는 코치를 칭찬해 주려다가 입을 꾹 닫고 짧은 말로 대신했다.

"그래, 뭐. 잘 기억하고 있네."

그러자 할배나무가 웃으며 고물토끼에게 넌지시 말했다.

"여보게, 고물토끼! 자네도 적절한 칭찬은 해 버릇하게나. 칭찬 고물토끼가 되면 인기가 더 많아질 테니 말이야, 허허."

코치는 그동안 고물토끼에게 하고 싶었던 말을 할배나무가 대신 해 주어서 조금은 속이 시원해지는 것 같았다.

"칭찬 고물토끼는 좀 안 어울리지 않아요? 흠…… 인기가 더 많아지면 곤란하지만, 알겠어요. 제가 표현을 안 해서 그렇지 사실 마음은 정말 따뜻하다고요, 크크."

고물토끼는 겸연쩍은 듯 괜한 멜빵바지 어깨끈만 만지작거리며 특유의 소리로 웃어 댔다. 그러더니 큰 마음을 먹은 듯 코치를 칭찬해 주었다.

"잘 기억하고 있는 건 아주 마음에 들어. 이거 안 하던 칭찬을 하려니까 꽤 어색한데? 으으. 어쨌든! 진짜 중요한 건 지금부터야. 이제부터는 날마다 네 상상그림을 보면서 기분 좋은 미래를 상상하는 거야. 그럼 네 마음속에는 좋은 감정들이 생겨나게 될 거고, 어느 순간에는 네가 꿈꾸는 세상이 이루어지는 걸 하나하나 발견할 수 있을 거야."

코치는 고개를 끄덕이며 한 마디도 놓치지 않으려는 듯 귀담아 듣고 있었다.

"행운이라는 녀석은 네가 좋은 감정을 가져야만 찾아온다는 것, 잊지 마!"

고물토끼는 이 한마디 멋진 말로 감정의 법칙 이야기를 마쳤다. 그러고는 덧붙여 오늘의 유명한 인물 이야기를 해 주었다.

"감정으로 인생이 달라진 두 인물의 이야기가 있어. 너도 잘 알걸! 마더 테레사와 히틀러!"

"설마 마더 테레사님이랑 히틀러도 만나 본 거예요?"

고물토끼는 당연하다는 듯 고개를 끄덕였다.

"그럼! 내가 두 사람에게 모두 감정의 비밀을 가르쳐 주었었지."

코치는 고물토끼가 그렇게 유명한 사람들을 만났다는 것이 너무나 신기했다.

"마더 테레사는 언제나 사랑이 넘치는 삶을 살았어. 그래서 세계 곳곳에서 어려움을 겪는 아이들을 돕고 사랑을 실천했지. 내가 가르치기는 했지만 지금은 오히려 내가 존경할 정도로 훌륭한 수녀님으로 생을 마감했어. 감정의 법칙을 아주 잘 활용한 경우라고 할 수 있지! 그런데 문제는 히틀러였어."

"왜요? 히틀러는 무슨 문제가 있었어요?"

코치는 고물토끼의 이야기에 폭 빠져들었다.

"히틀러는 항상 모든 것을 의심하고 두려워했던 녀석이야. 아무리 감정의 법칙을 가르쳐 줘도 말을 안 듣고 고집을 부렸지. 독일이라는 나라의 총통이었는데 제2차 세계대전을 일으키면서 무시무시한 일을 벌이기까지 했어. 내가 그렇게 누누이 이야기를 했는데도 말이야."

고물토끼는 이야기를 하면서 지난날들을 회상하고 있었다.

"결국 테레사는 평화의 세상을, 히틀러는 전쟁의 세상을 만든 거야."

"아…… 그렇구나. 감정이 그렇게 중요한 것인 줄은 몰랐어요."

코치는 다시 한 번 감정의 중요성을 깨달았다.

"당연하지! 네가 혼자 다 알았으면 눈치코치겠어? 이 고물토끼님이 가르쳐 주니까 아는 거지. 앞으로도 재미있는 이야기는 무궁무진해! 그러니까 잘 따라오란 말이야!"

"으휴…… 꼭 그렇게 잘난 척을 해야겠어요? 못 말린다니까!"

아웅다웅하는 코치와 고물토끼의 모습을 지켜보던 할배나무는 껄껄 웃었다. 할 말을 모두 마친 고물토끼는 그네를 타겠다고 우겼다. 고물토끼가 정신없이 할배나무 나뭇가지에 걸린 그네를 타는 동안, 코치는 할배나무 등을 긁어 주며 못 다한 이야기를 도란도란 나누었다.

"할배, 그런데요. 상상그림을 보셨으니까 말인데요. 음……."

코치가 무슨 걱정이라도 있는 듯 망설이자 할배나무는 괜찮으니 어서 이야기해 보라고 했다.

"제가 성적 우수상을 타고 싶다고 했잖아요. 그런데 시험이 진짜 얼마 안 남았거든요. 시험을 잘 보고 싶기는 한데 잘할 수 있을까요? 시간도 많지 않고……. 제가 공부를 얼마나 못하는지는 할배가 더 잘 알잖아요."

그러자 할배나무는 다정한 목소리로 말했다.

"괜찮단다. 도전해 보기로 한 마음이 중요한 거니까 걱정하지 말고 해 보렴! 오늘 고물토끼에게 아주 좋은 걸 배웠잖니? 두려워하지 말고 해 보면 잘할 수 있을 거란다!"

코치는 언제나 그렇듯 할배나무의 말에 다시 한 번 힘을 얻었다. 그날 밤, 코치는 집으로 돌아와 다시 한 번 상상그림을 펼쳐 보았다. 그림대로 모두 이루어지면 정말 행복할 것 같았다.

"나도 테레사 수녀님처럼 사랑 코치가 되어야지!"

코치는 그렇게 다짐을 하고 행복한 미소를 지으며 잠자리에 들었다.

상상그림 그리기!

행운의 법칙 제5단계

으앙, 나 너무 아파!

월요일 아침, 코치는 평소와 다르게 비장한 모습으로 학교에 갔다. 뭔가 굳게 다짐이라도 한 듯 진지한 표정이었다. 고물토끼는 새로운 아로로 입구를 코치의 책가방으로 정하고는 아주 넓고 좋다면서 무척이나 만족해했다. 코치 책가방의 주머니 속에서 얼굴을 쏙 빼고 바깥 구경을 하는 것도 재미있어하고, 수업 시간에 코치 옆에서 몰래 학생 놀이를 하는 것도 좋아했다. 코치도 이제는 고물토끼에게 적응했는지 크게 신경 쓰지 않았다.

"학교 끝! 코치 코치 코치야, 어서 할배나무한테 놀러 가자! 응?"

학교 수업이 끝나자마자 고물토끼는 할배언덕으로 가자고 졸라 댔다. 그런데 코치는 심각한 표정을 하고는 곧바로 집으로 향했다.

"왜 곧장 집으로 가는 거야? 할배언덕에 안 가? 한 번도 이런 적 없잖아!"

평소와 다른 코치의 행동에 고물토끼는 꼬치꼬치 캐물었다. 그러자 코치는 전혀 뜻밖의 대답을 했다.

"이번 주는 할배언덕에 가지 않을 거예요. 다음 주 수요일에 시험을 보거든요."

"시험 보는 거랑 할배한테 안 가는 거랑 무슨 상관인데? 혹시 너 공부하겠다고 이러는 거야?"

고물토끼는 깜짝 놀라며 믿을 수 없다는 듯 물었다.

"네! 역시 눈치 빠른 고물토끼님이라니까요. 이번 주에 열심히 공부해서 다음 주에 보는 시험에서 성적을 쑥쑥 올릴 거예요."

그 순간, 고물토끼의 머릿속에 지난 토요일 코치의 상상그림 이야기 중 한 마디가 불길하게 스치고 지나갔다.

"며칠 뒤면 곧 시험이니까 지금부터라도 열심히 해 보려고요. 헤헤."

"윽, 그때 내가 얘기를 했어야 하는 건데……."

고물토끼는 곧 심상치 않은 일이 벌어질 거라고 예상이라도 하듯 혼잣말을 했다. 하지만 코치를 말리려고 하지는 않았다. 코치가 잔뜩 기대를 하고 있는 한, 지금은 어떤 말을 해도 듣지 않을 거라는 걸 잘 알고 있었기 때문이었다.

이날부터 코치는 '시험공부 특별 대작전'에 돌입했다. 그동안 코치의 학교 성적은 매우 좋지 않은 편이었다. 공부는 하지도 않으면서, 시험 때만 되면 공부가 어렵다거나 시간이 없다면서 불평을 늘어놓곤 했었다. 그런데 이번만큼은 뭔가 다른 모습이었다.

"나는 할 수 있다! 정말로 열심히 공부해서 이번에는 꼭 시험을 잘 봐야지! 혹시 알아? 1등을 할 수 있을지? 흠!"

코치는 마음을 단단히 먹고 흰 천에 삐뚤빼뚤 글씨로 '코치, 파이팅!' 이라고 써서 머리에 두른 다음 공부를 시작했다. 고물토끼는 코치의 책가방 속에 들어가 얼굴만 쏙 내밀고 말없이 코치를 바라보고 있었다.

"코치야, 뭐 하니? 엄마 포포랑 슈퍼 다녀올 건데!"

방으로 들어온 엄마는 코치가 공부하고 있는 모습을 보고 믿을 수 없다는 듯 놀란 표정을 지었다.

"저 시험공부 하는 중이에요. 다녀오세요."

시험공부라는 말에 엄마는 더욱 놀라 입을 다물지 못했다.

"그, 그렇구나. 공부…… 호호…… 네가 공부를…… 호호…… 과일

좀 먹고 할래?"

하지만 코치는 대답도 없이 계속 책만 들여다보았다. 코치는 다음날도, 그 다음날도 학교 수업이 끝나자마자 집으로 와서 공부만 했다. 고물토끼는 혼자 게임도 하고, 낮잠도 실컷 잤다. 그런데 여느 때처럼 코치와 같이 놀 수도 없고, 코치를 놀릴 수도 없어서 여간 심심한 게 아니었다. 결국 참다 못한 고물토끼가 슬쩍 코치에게 다가가 말을 걸었다.

"코치야, 나가서 조금만 놀래? 할배가 우릴 엄청 기다릴 거야. 우리 할배한테 안 간 지 벌써 3일이나 되었다고!"

코치는 고물토끼가 아무리 떠들어도 쳐다볼 생각을 하지 않았다.

"녀석, 진짜 마음을 단단히 먹은 모양인데?"

고물토끼는 더 이상 코치를 방해하거나 괴롭히지 않고 묵묵히 지켜보기로 했다.

★　★　★　★

코치가 '시험공부 특별 대작전'을 시작한 지 나흘째 되는 목요일 아침이었다. 오늘은 웬일인지 코치가 늦게까지 이불 속에서 나올 생각을 하지 않았다. 고물토끼는 코치가 왜 그러고 있는지 궁금해서 슬쩍 이불을 들춰 보았다.

"코치! 학교 안 가? 오늘은 공부 안 해?"

코치는 여전히 등을 돌리고 누운 채 아무런 반응이 없었다. 고물토끼는 뭔가 이상하다는 생각이 들어 코치의 몸을 돌려 눕히고 이마를 짚어 보았다. 열이 펄펄 나고 있었다. 곧잘 뾰족해지던 가시도 축 처져 있었다.

"뭐야, 너 왜 이렇게 몸이 뜨거운 거야?"

잠시 후, 엄마가 코치를 깨우러 방으로 들어왔다.

"코치야, 오늘 학교 안 갈 거니?"

고물토끼는 엄마가 아픈 코치를 잘 볼 수 있도록 이불을 살짝 거둬 놓고 뒤로 물러나 있었다. 식은땀을 흘리며 아파하는 코치를 본 엄마는 깜짝 놀랐다.

"어머! 얘가 왜 이래? 코치야! 어디가 아픈 거니?"

코치는 엄마가 흔들어 깨워도 정신을 못 차렸다. 엄마는 열이 펄펄 끓는 코치를 병원으로 데려갔다. 코치가 책가방을 가져가지 않아 고물토끼는 어쩔 수 없이 홀로 집에 남아 코치가 돌아오기만을 기다려야 했다. 몇 시간 후, 코치가 병원에서 돌아왔다.

"코치야, 괜찮아……?"

고물토끼가 조심스럽게 말을 걸어 보았지만 코치는 약을 먹고 하루 종일 잠을 잘 뿐이었다. 그리고 어둑어둑한 저녁이 되어서야 겨우 정신을 차렸다.

"어? 눈 떴네! 코치야, 나 보여? 좀 괜찮은 거야?"

고물토끼가 묻자 코치는 겨우 고개를 끄덕였다.

"아…… 몸살이 났대요. 으, 추워……."

코치는 아직도 많이 아픈 듯 끙끙거리며 말했다.

"그런데요, 고물토끼님. 밖에서 놀지도 않았고 열심히 공부한 것밖에 없는데 왜 아픈 걸까요?"

고물토끼는 그동안 꽤나 답답했었다는 듯 눈을 동그랗게 뜨고 말했다.

"시험이라고 잔뜩 긴장하고 욕심만 앞서서 공부만 해댔잖아. 그러니까 당연히 병이 나지."

그러고 보니 코치는 3일 동안 꼬박 책상 앞에만 앉아 있었다. 평소에는 할배언덕에 올라 다니면서 그나마 운동을 했는데 그것마저 하지 않은 것이 문제였다. 게다가 잘 먹지도 않고 평소보다 늦게 잠을 자고 또 일찍 일어나면서 몸에 이상이 생긴 것이다.

"저는 정말 시험을 잘 보고 싶어서 그런 거라고요. 그럼 어떡해요?

빨리 공부를 잘하려면 다른 친구들보다 더 많이, 더 열심히 해야 하는 거 아니에요?"

코치는 밤새도록 아파서 기운이 하나도 없으면서도 정말 궁금하다는 듯 물었다.

"정답은 행운의 노트 5단계에 쓰여 있어!"

그러면서 조금은 우습다는 듯 키득거리며 말했다.

"크크, 잘 아팠다고 하면 조금 웃기기는 하지만 이번 일이 5단계를 몸소 느끼는 데는 도움이 되었을 거야. 바로 지금이 5단계 노트를 보기에 딱 좋은 때인 것 같거든."

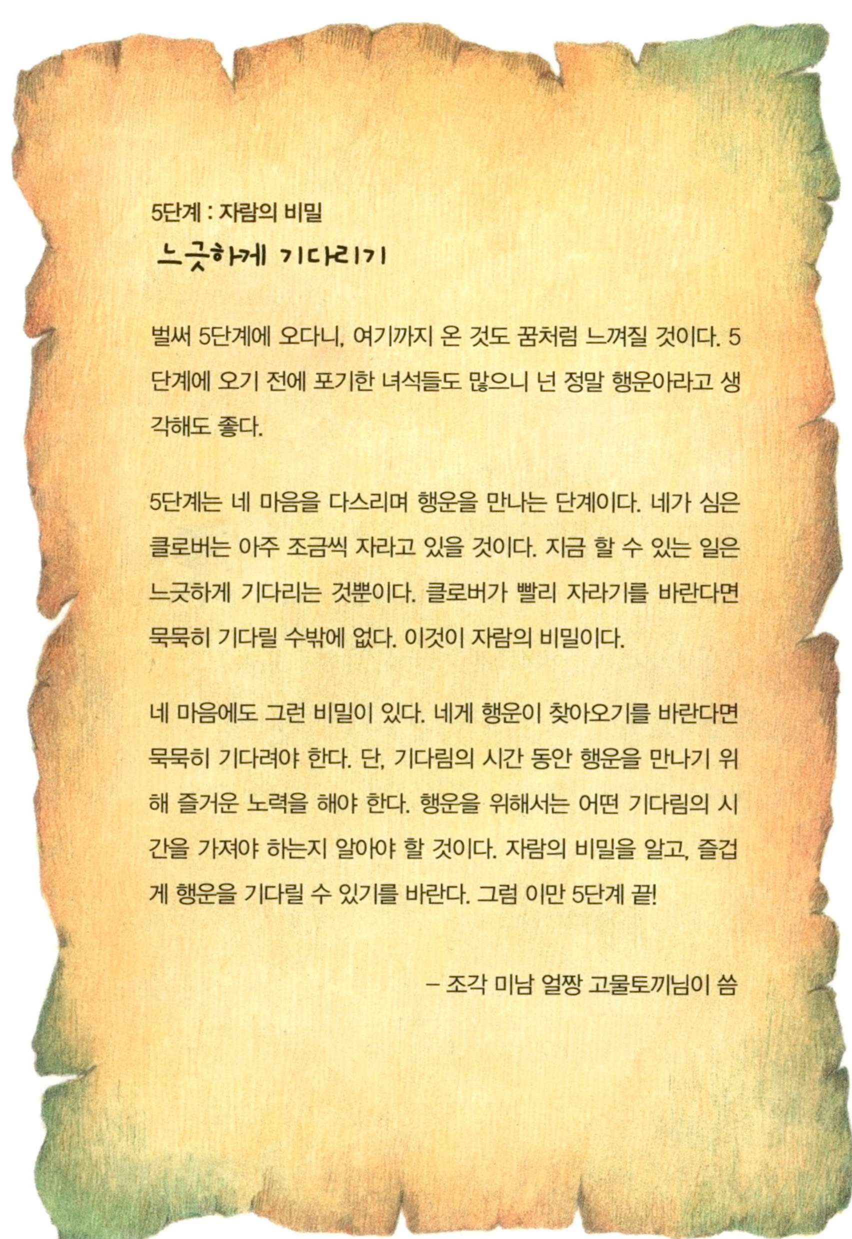

5단계 : 자람의 비밀

느긋하게 기다리기

벌써 5단계에 오다니, 여기까지 온 것도 꿈처럼 느껴질 것이다. 5단계에 오기 전에 포기한 녀석들도 많으니 넌 정말 행운아라고 생각해도 좋다.

5단계는 네 마음을 다스리며 행운을 만나는 단계이다. 네가 심은 클로버는 아주 조금씩 자라고 있을 것이다. 지금 할 수 있는 일은 느긋하게 기다리는 것뿐이다. 클로버가 빨리 자라기를 바란다면 묵묵히 기다릴 수밖에 없다. 이것이 자람의 비밀이다.

네 마음에도 그런 비밀이 있다. 네게 행운이 찾아오기를 바란다면 묵묵히 기다려야 한다. 단, 기다림의 시간 동안 행운을 만나기 위해 즐거운 노력을 해야 한다. 행운을 위해서는 어떤 기다림의 시간을 가져야 하는지 알아야 할 것이다. 자람의 비밀을 알고, 즐겁게 행운을 기다릴 수 있기를 바란다. 그럼 이만 5단계 끝!

– 조각 미남 얼짱 고물토끼님이 씀

꼬물꼬물 조금씩 자라는 클로버

다음날, 요란하게 덜거덕거리는 소리에 고물토끼는 눈을 비비적대며 책가방에서 나왔다.

"하암……! 잘 잤다. 여기가 어디야?"

어느새 말짱해진 코치는 쫄래쫄래 어딘가를 가고 있었다.

"어디긴 어디예요, 집에 가는 길이지. 벌써 학교 끝나고 집에 가는 거라고요. 무슨 잠을 그렇게 오래 자요?"

"내가 또 내 입으로 말을 해야겠어? 미남은 뭐라 그랬지?"

"어휴, 미남이 아니라 미녀는 잠꾸러기죠. 그리고 아무리 봐도 고물토끼님은 잘생기지 않았는데 왜 그렇게 우기는 거예요."

코치와 고물토끼는 오늘도 만나자마자 티격태격했다. 집에 도착한 코치는 행운의 노트와 클로버 화분을 챙겨 들고는 할배언덕을 향해 올라갔다. 고물토끼는 장난기 가득한 말투로 코치에게 말했다.

"어? 오늘은 할배한테 가는 거야? 공부 안 해?"

"4일이나 할배를 못 봤잖아요. 보고 싶단 말이에요. 5단계 이야기는 할배언덕에서 하고 내려오는 게 좋겠어요."

코치는 입을 삐죽 내밀고 살짝 투덜거리며 말했다. 고물토끼는 코치가 삐죽대든 말든 마냥 신이 나서 할배언덕으로 올라갔다.

"할배, 할배! 며칠 전에 꿈에서 할배랑 코치랑 숨바꼭질을 하고 놀았는데, 저 코치 녀석이 할배 뒤에 엉덩이를 삐죽 내밀고 숨은 폼이 어찌나 웃기던지 배꼽이 빠지는 줄 알았어요. 하하! 상상만 해도 엄청 웃기죠? 말 나온 김에 우리 숨바꼭질이나 한 판 할까요?"

고물토끼는 할배나무를 만나자마자 그동안 하고 싶었던 이야기들을 마구 쏟아 냈다. 코치도 할배나무에게 하고 싶은 말이 많았지만 그보다 왜 몸살을 앓았는지, 그리고 그것이 5단계의 내용과 대체 무슨 상관이 있는 건지 궁금해서 고물토끼를 계속 졸라 댔다.

"숨바꼭질은 나중에 하고 어서 5단계 비밀을 알려 줘요."

그러자 고물토끼는 어쩔 수 없다는 듯 말했다.

"녀석, 급하긴! 자, 그럼 먼저 클로버가 얼마나 자랐는지 보자."

고물토끼와 코치는 집에서 들고 온 클로버 화분을 들여다보았다. 코치는 집에서부터 할배언덕까지 화분을 들고 왔지만 자세히 들여다볼 틈은 없었다. 클로버가 얼마나 자랐는지, 혹시 네잎클로버가 나오지는 않았는지 궁금했던 코치는 잔뜩 기대하는 마음으로 화분을 들여다보았다.

"어디, 많이 자랐니?"

할배나무도 클로버 화분이 궁금한지 얼굴을 쑤욱 내밀고 물었다.

그런데 코치는 얼굴을 찌푸리며 말했다.

"애개! 이게 뭐야."

"뭘 그렇게 실망해? 클로버가 며칠 만에 쑥쑥 자랄 수는 없잖아. 그럼 잭의 콩나무처럼 저 하늘 높이까지 자라게? 할배, 이 녀석이 이래요."

"그래도 빨리 자랐으면 좋겠어요!"

코치가 얼굴이 잔뜩 부어서는 심통을 부리자 고물토끼는 말했다.

"성격이 이렇게 급해서야 어디 행운이 올 때까지 기다릴 수 있겠어?"

"그럼 어떻게 해요! 클로버도 빨리 자랐으면 좋겠고, 행운도 빨리 다가왔으면 좋겠는걸요!"

다급해하는 코치에게 고물토끼는 한 가지 질문을 했다.

"그럼 너 클로버를 조금이라도 빨리 자라게 할 방법이 있어?"

"글쎄요. 클로버를 쭉 뽑아 올리면 되지 않을까요?"

코치는 혼잣말로 중얼거리고는 클로버 줄기 하나를 잡았다. 그 모습을 본 고물토끼는 깜짝 놀라며 코치를 말렸다.

"안 돼!"

하지만 이미 일은 벌어지고 말았다. 코치가 클로버 줄기 하나를 뽑아 버린 것이다.

"그렇게 줄기를 뽑아 버리면 클로버가 죽잖아!"

코치도 무척이나 당황한 얼굴이었다. 줄기를 뽑는 시늉만 하려고 했을 뿐인데 일이 이렇게 되어 버린 것이었다. 고물토끼는 이미 엎질러진 물이라며 행운에 대한 이야기를 해 주었다.

"행운도 클로버랑 똑같아. 조급해하면 행운을 얻을 수 없어. 느긋하게 긴장을 풀고 기다려야 한다고. 그렇지 않으면 너처럼 아픈 거야. 너 그거 모르지? 지난 3일 동안 네 등에 있는 가시들이 얼마나 빳빳해져 있었는지 말이야. 그만큼 긴장했다는 거야."

코치는 걱정스러운 표정을 지으며 그럼 어떻게 하면 좋겠느냐고 물었다.

"조급한 마음을 가져서는 안 돼. 행운의 노트 내용을 금세 잊었군!"

그제야 코치는 '아차!' 하더니 행운의 비밀 법칙 5단계를 생각해 보았다.

"그게…… 느긋하게 기다리라는 거죠? 하지만 마냥 기다리기만 하라고요? 기다리면서 뭐라도 해야 할 거 아니에요."

고물토끼는 즐겁게 행운을 기다리는 방법을 가르쳐 주겠다고 했다.

"잘 생각해 봐. 너 할배나무랑 수다 떨 때나 나랑 장난칠 때, 네가 좋아하는 걸 할 때는 시간이 빨리 가지 않아? 공부를 할 때도 좋아하는 과목을 공부하면 시간이 더 빨리 가지?"

"네, 그런 것 같아요. 공부는 많이 안 해서 잘은 모르겠지만요."

코치는 부끄러운 듯 배시시 웃으며 대답했다.

"좋아하는 걸 할 때 그런 경험을 할 수 있어. 즐겁게 집중하는 거지."

"즐겁게 집중을 하라고요?"

"그래, 즐겁게 집중을 하다 보면 깊이 집중하게 될 거야. 여기서도 감정의 법칙을 같이 생각해 볼 수 있어. 행운을 기다리면서 어떤 노력을 하더라도 억지로 하는 게 아니라 즐겁게 하라는 거야. 그러다 보면 누가 말을 시켜도 모를 정도로 집중하게 되지. 그걸 전문용어로 몰입이라고 해. 너도 지난 3일 동안 내가 말을 시켜도 몰랐잖아?"

"헤헤, 그건 귀찮아서 대답을 안 한 거였어요. 공부를 열심히 해 보려고요."

고물토끼는 역시 못 말리겠다면서 계속해서 말했다.

"네가 집중을 할 수 없었던 건 시험에 대해 두려움을 갖고 잔뜩 욕심을 부리면서 긴장했기 때문이야. 행운이 찾아오기를 기다리면서 즐거운 마음으로 노력하면 너도 모르는 사이에 행운이 네 곁에 와 있을 거야."

"그러니까 긴장을 풀고 즐겁게 노력하라는 거죠?"

코치는 행운 다이어리를 꺼내 메모했다. 그런데 한참을 진지하게 이야기하던 고물토끼가 갑자기 웃음을 터뜨리며 말했다.

"너 즐거운 집중의 힘이 얼마나 무서운지 알아? 옛날에 뉴턴 녀석은 실험할 때면 누가 불러도 모를 정도로 집중했지. 어느 날은 실험을 하다가 배가 고파서 달걀을 삶아 먹으려고 했거든. 그런데 끓는 물에 달걀을 집어넣는다는 게 그만, 손에 들고 있던 시계를 집어넣은 거야!"

"와, 정말요?"

코치도 뉴턴이 엉뚱하다면서 한참을 웃어 댔다. 그런데 고물토끼는 즐거운 집중보다 더 중요한 게 남아 있다고 했다.

"난 네가 시험공부 특별 대작전인가 뭔가를 한다고 할 때부터 병이 날 거라는 걸 알고 있었어."

"어떻게요? 설마…… 미래를 볼 수 있는 능력 같은 게 있는 건 아니죠?"

"행운의 비밀 법칙을 알게 되면 누구나 알 수 있는 것들이야. 네 계획 속에는 열심히 공부하는 것만 있었지 잘 쉬는 방법은 없었잖아."

코치는 고물토끼의 말을 들을수록 알쏭달쏭했다.

"잘 쉬는 방법이요? 그런 것도 있어요?"

"즐겁게 노력하는 것만큼 즐겁게 잘 쉬는 것도 무척 중요해!"

고물토끼는 이 한마디로 코치를 깜짝 놀라게 했다. 코치는 전혀 생각지 못한 말에 무척이나 당황해했다.

"즐겁게 잘 쉰다…… 그것도 행운의 비밀 법칙에 있는 거예요?"

고물토끼는 물론이라며 코치의 머리를 쓰다듬어 주었다.

"네가 아직 꼬꼬마라 잘 몰라서 그러는 거야. 무턱대고 열심히 한다고 모두 잘되는 건 아니거든. 이 형아 말을 잘 듣고 이번 행운 다이어리도 잘해 볼까, 우리 꼬꼬마 코치야?"

코치는 고물토끼가 자기를 어린애 취급하면서 이야기하자 심통이 났다.

"저 꼬꼬마 아니거든요! 저도 이제 다 컸다고요!"

"그래, 우리 코치도 많이 컸지. 자네도 그렇게 놀리지 말라고. 허허."

할배나무의 말에 삐죽 튀어나왔던 코치의 입이 조금은 들어갔다.

"아무튼! 이번 행운 다이어리는 '나와의 약속 정하기'야. 즐거운 노력 계획표랑 즐거운 여가 계획표를 만들어 보는 거지, 오케이?"

"오케이! 얼른 하고 공부를 해야겠어요. 시험이 얼마 안 남았어요."

코치는 여전히 시험 걱정이 앞서는 것 같았다. 그런 코치를 위해 할배나무가 따스한 한마디를 건넸다.

"괜찮단다, 코치야. 고물토끼의 말대로 편안한 마음으로 하나하나 해 나가렴. 잘할 수 있을 거야."

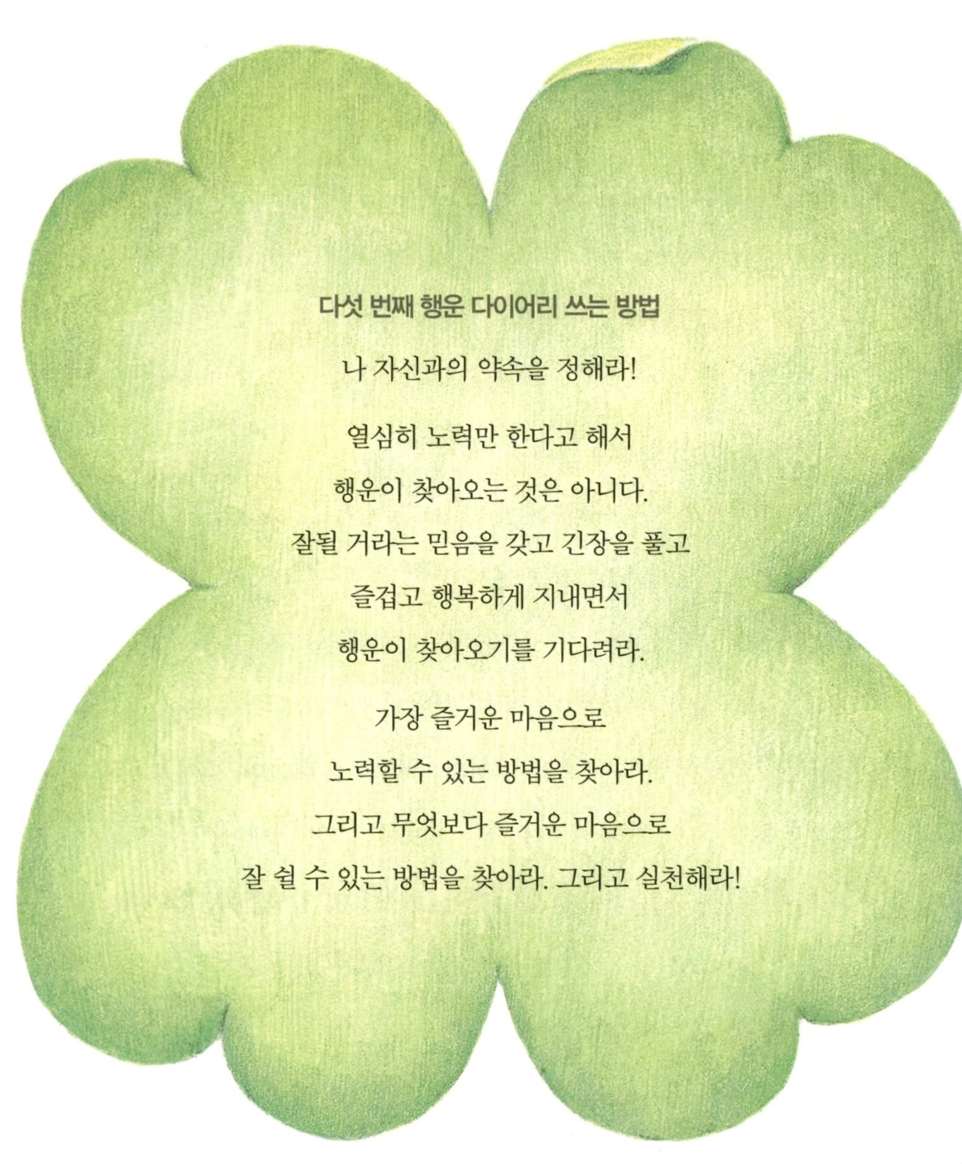

다섯 번째 행운 다이어리 쓰는 방법

나 자신과의 약속을 정해라!

열심히 노력만 한다고 해서
행운이 찾아오는 것은 아니다.
잘될 거라는 믿음을 갖고 긴장을 풀고
즐겁고 행복하게 지내면서
행운이 찾아오기를 기다려라.

가장 즐거운 마음으로
노력할 수 있는 방법을 찾아라.
그리고 무엇보다 즐거운 마음으로
잘 쉴 수 있는 방법을 찾아라. 그리고 실천해라!

뉘엿뉘엿 해가 질 때 즈음 집에 도착한 코치는 저녁을 먹고 서둘러 자리에서 일어났다.

"잘 먹었습니다, 엄마!"

"코치야, 아이스크림은 안 먹을래?"

코치는 웬일인지 제일 좋아하는 초콜릿 아이스크림을 마다하고는 부리나케 방으로 들어갔다. 코치가 방으로 들어서자 혼자 뒹굴며 놀고 있던 고물토끼가 코치에게 다가왔다.

"오늘은 왜 이렇게 밥을 빨리 먹었어? 설마 또 공부하려고?"

코치는 분주하게 행운 다이어리를 펼치며 말했다.

"아뇨, 이제 시험이 코앞이잖아요. 빨리 계획표를 세우고, 남은 시험 기간 동안 계획표대로 공부해 보려고요."

순간, 고물토끼는 코치에게 감동을 받았다. 바로 어제까지만 해도 무턱대고 서두르기만 하던 코치가 이제는 행운의 비밀 법칙 안에서 움직이려고 노력하고 있었기 때문이었다. 코치는 한참을 책상 앞에 앉아서 종이에 무언가를 쓰고 지우기를 반복했다. 그 사이 고물토끼는 게임 속으로 빠져들었다.

"오늘은 꼭 레벨 업을 하고 말 거야! 요즘 애들은 좋겠단 말이야.

이렇게 재미있는 게임도 하고! 예전엔 이런 게 없어서 밖에서 많이 놀았었지."

그런데 바로 그때, 코치가 뭔가 문제가 생긴 듯 고물도끼에게 말했다.

"저 고물토끼님, 잠깐만 도와주면 안 돼요?"

하지만 게임에 폭 빠진 고물토끼는 건성건성 대답할 뿐이었다.

"뭘 또 도와 달라는 거야. 어엇! 야호! 아싸라비야, 레벨 업!"

어찌나 신이 났는지, 고물토끼는 알아들을 수 없는 말까지 하고 있었다. 코치에게는 관심도 없어 보였다.

"고물토끼님!"

코치가 답답함을 참지 못하고 소리를 질렀다. 그 소리에 고물토끼는 깜짝 놀라며 말했다.

"깜짝이야! 으…… 아깝다! 너 때문이야! 드디어 레벨 업해서 최고 점수를 낼 수 있었는데, 놀라는 바람에 죽었잖아."

"미안해요. 그런데 시간이 없단 말이에요. 오늘 이걸 다 하고 자야 남은 며칠이라도 공부를 하죠. 네?"

그러자 고물토끼는 슬쩍 눈을 흘기고는 말했다.

"그렇다면 말이지, 먹고 싶은 게 하나 있는데……."

"그게 뭔데요?"

고물토끼는 멜빵바지 어깨끈을 만지작거리며 못 이기는 척 대답
했다.

"음…… 초콜릿 잔뜩 묻힌 도넛을 먹게 해 주면 도와주지! 싫음 말고!"

고물토끼의 말에 코치는 엄마에게 달려갔다. 엄마는 초콜릿 아이스크
림도 안 먹겠다더니 무슨 도넛이냐며 이상하게 생각했다. 하지만 곧 코
치를 위해 맛있는 도넛을 만들어 주셨다. 코치가 도넛을 들고 방으로 들
어오는 순간, 고물토끼는 배시시 웃으며 초콜릿 도넛을 한입에 넣었다.

"좋아. 이제 내가 뭘 도와주면 되는데?"

코치는 정말 못 말리는 고물토끼라는 듯 고개를 흔들흔들 저으면서
궁금한 것들을 묻기 시작했다.

★　★　★　★

"이번 행운 다이어리는 쉬워서 금방 끝날 것 같았는데 막상 해 보
니까 그렇지가 않아요. 즐거운 노력 계획표는 썼는데요. 여가 계획표
는…… 아…… 어떻게 써야 할지 정말 모르겠어요. 도와주세요, 네?"

코치는 혼자 고민하면서 꽤나 답답했던 모양이었다. 고물토끼는 우
걱우걱 도넛을 씹으며 말했다.

"그럼 즐거운 노력은 어떻게 계획을 세웠는지 먼저 이야기해 봐, 쩝 쩝. 아, 맛있다!"

코치는 그런 고물토끼가 얄미웠지만 지금까지 만든 계획표에 대해 이야기하기 시작했다.

"즐거운 노력은요, 제가 학생이니까 공부를 하는 게 지금 할 수 있는 노력이라고 생각했어요. 그래서 어떻게 해야 공부를 즐겁게 할 수 있을까 생각했는데요. 이렇게 하는 게 맞는지 한 번 보세요, 음……."

고물토끼는 우물우물 도넛을 먹으며 계속하라고 재촉했다.

"우선 재미있는 과목부터 공부하는 게 좋을 것 같아요. 좋아하는 것부터 차근차근 공부하기. 그리고 공부는 즐거운 마음으로 해야 하잖아요! 그런데 숙제도 그렇지만 오늘 할 일을 내일로 미루면 한꺼번에 하느라 힘이 드니까, 매일 저녁 숙제하면서 그날 배운 내용 꼭 복습하기!"

"세 번째도 있어?"

고물토끼의 질문에 코치는 고개를 끄덕이며 계속해서 말했다.

"이것도 공부라면 공부인데, 사실 제가 책을 잘 안 읽잖아요. 그래서 즐거운 마음으로 독서를 시작해 보려고요. 한 달에 2권씩은 꼭 챙겨 읽기! 어때요?"

코치가 기대하는 눈빛으로 묻자, 고물토끼는 웬일로 잘했다며 칭찬해 주었다.

"독서를 취미생활로 하겠다는 게 마음에 들어. 공부도 독서도 놀이 하듯 재미있게 하면 더 좋은 효과가 있을 기야. 그런데 여가 계획표는 뭐가 문제라는 거야?"

코치는 기다렸다는 듯 물었다.

"여가 계획표는 도대체 어떻게 써야 하는 거예요? 재미있게 노는 계획을 세우면 돼요? 아닌 것 같은데……."

"음…… 그것도 틀린 말은 아니야."

고물토끼는 어느새 도넛 한 접시를 모두 해치워 버리고는 배를 긁적이며 코치에게 쪽지 하나를 건네주었다.

"자, 이거 받아. 네가 아주 바람직한 자세로 잘하고 있어서 주는 특별 보너스야. 도넛 때문에 주는 건 아니야!"

코치는 멀뚱멀뚱한 표정으로 쪽지를 펼쳐 보았다.

“이런 게 있었으면서 지금까지 안 줬던 거예요? 너무해요!”

코치는 한결 밝아진 얼굴이었지만 왜 이제야 쪽지를 주는 거냐며 한참을 투덜거렸다. 고물토끼는 장난기 가득한 얼굴로 웃을 뿐이었다. 코치는 쪽지를 들고 얼른 책상에 앉아 곰곰이 생각하며 다섯 번째 행운 다이어리를 완성해 나갔다.

나와의 약속 정하기!

- ● 즐거운 노력 계획표

  - 재미있는 과목부터! 좋아하는 것부터 차근차근 공부하기

  - 공부는 즐거운 마음으로! 매일 저녁 그날 배운 내용 복습하기

  - 독서를 취미 생활로! 한 달에 2권씩 책 읽기

- ● 즐거운 여가 계획표

  - 일요일은 꼭 쉬는 날로 지킨다.

  - 일요일에는 공부를 하지 않는다.

  - 일요일에는 운동하기, 할배언덕에서 놀기, 가족들이랑 이야기

    나누기 등을 하며 즐겁게 놀고 편히 쉰다!

달라진 코치의 얼굴

코치는 주말 동안 노력 계획표와 여가 계획표를 실천했다. 토요일에는 즐거운 마음으로 열심히 공부했고, 일요일에는 신 나게 놀며 편히 쉬었다. 동생 포포와 놀아 주기까지 했다.

"우리 코치가 이제 포포랑 잘 놀아 주는구나! 호호."

잔소리 대장 엄마가 공부하라는 소리도 안 하고 무척이나 좋아하셨다.

"그래, 그렇게 사이좋게 지내니 얼마나 좋니? 아주 보기 좋구나."

무뚝뚝 대장 아빠도 미소를 지었다. 무엇보다 가장 좋아한 것은 포포였다. 울지도 않고 코치와 함께 깔깔거리며 한참을 재미있게 놀았다. 즐거운 주말을 보내고 난 코치는 월요일 아침이 되어 산뜻한 마음으로 학교에 갈 준비를 마쳤다.

"학교 다녀오겠습니다!"

씩씩한 목소리로 인사를 하고는 집을 나서면서 콧노래까지 불렀다.

"오~늘은 신~나는 월요일~학교에 가서 공부를 해야지~룰룰루~헤헷!"

잠꾸러기 고물토끼는 아직도 코치의 책가방 안에서 쿨쿨 자고 있었다. 하지만 잠결에도 코치의 노랫소리가 듣기 좋은지 씨익 미소를 지었다. 그렇게 코치가 학교 정문에 들어설 때였다.

“코치야, 코치야!”

뒤에서 누군가가 해맑은 목소리로 코치를 불렀다. 뒤를 돌아보니 티티가 밝게 웃으며 손을 흔들고 있었다.

“엇, 티티야! 안녕?”

코치는 인사를 하며 한달음에 티티 앞으로 달려갔다. 티티가 먼저 인사해 주다니! 정말 꿈만 같은 일이었다.

“코치야, 뭐 좋은 일 있어? 노래 부르면서 가는 것 같던데.”

“헤헤, 내가 그랬나?”

코치는 머리를 긁적이며 수줍게 웃었다. 그때 마침 랑코와 팡, 노노가 다가오며 인사를 했다.

“티티야! 어, 코치도 같이 있네? 안녕!”

코치와 티티는 친구들에게 반갑게 인사했다. 그렇게 한참 인사를 나누는데 티티가 친구들에게 말했다.

“얘들아, 코치 얼굴이 달라지지 않았어? 기분 좋은 일이 있는 것 같지?”

그러자 랑코와 팡, 노노는 동시에 고개를 끄덕였다.

“진짜 환하게 웃고 있네? 왠지 달라 보여!”

티티뿐만 아니라 친구들의 눈에도 코치의 표정이 무척 좋아 보였다. 바로 그때, 티티가 코치에게 말했다.

"그것 봐. 내 말이 맞지? 그렇게 웃으니까 진짜 다른 아이 같아. 가시도 뾰족하지 않아서 훨씬 더 멋있어! 그렇지, 애들아?"

친구들도 모두 맞장구를 쳤다. 그러고 보니 코치의 등에 있는 가시가 언제부터인가 뾰족하게 서지 않고 있었다.

"고마워. 요즘 내가 아주 재미있는 걸 하고 있거든. 나중에 너희한테도 가르쳐 줄게."

"그게 뭔데? 게임 같은 거야?"

호기심 많은 노노가 꼬치꼬치 캐물었지만 코치는 그런 건 아니라며 나중에 꼭 가르쳐 주겠다고 약속했다. 티티를 비롯한 친구들은 코치에게 무슨 좋은 일이 있는 건지 무척이나 궁금해하는 것 같았다. 그렇게 코치와 친구들은 사이좋게 학교로 들어갔다. 오늘 아침 등굣길에서 코치에게는 꿈만 같은 일이 일어난 것이다.

★ ★ ★ ★

티티와 친구들에게 기분 좋은 관심을 받은 코치는 이틀 동안 시험공부를 하는 내내 싱글벙글했다.

"너 지금 공부를 하는 거야? 티티 생각을 하는 거야?"

고물토끼는 헤죽거리며 책을 보고 있는 코치를 놀리기도 했다.

"그런 거 아니에요. 시험공부하고 있잖아요. 심심해도 조금만 참아요. 시험 끝나고 같이 놀자고요."

시간은 빠르게 흘러 어느새 대망의 수요일, 시험 보는 날이 되었다.

"시험 끝! 야호!"

어느 때보다 열심히 공부한 코치는 즐거워하며 학교를 빠져나왔다. 그런 코치에게 고물토끼가 책가방에서 얼굴을 쑤욱 내밀고 말했다.

"너 시험 진짜 잘 봤나 보다? 기분이 아주 좋아 보이네?"

"물론이죠! 헤헤."

오늘은 오랜만에 곧바로 할배언덕으로 올라갔다. 시험공부를 하느라 이틀이나 만나지 못한 할배나무에게 기쁜 소식을 알리러 가야 했기 때문이었다.

"코치야, 오랜만이구나! 고물토끼 자네도 잘 있었는가? 허허."

할배나무는 늘 그렇듯이 코치와 고물토끼를 반갑게 맞아 주었다. 코치는 할배나무에게 그동안 있었던 일들을 이야기하느라 정신이 없었다. 티티와 친구들에게 들은 칭찬부터 드디어 시험이 끝났다는 사실까지 몽땅 이야기하느라 목이 쉴 정도였다.

"코치야, 네가 그렇게 기분이 좋은 걸 보니 이 할배도 무척 좋구나.

시험공부를 하느라 힘들었을 텐데 어떻게 이렇게 즐겁게 지낼 수 있었니?"

할배나무의 질문에 코치가 대답하려고 하자, 고물토끼가 불쑥 끼어들어 멜빵바지 어깨끈을 퉁퉁 튕기면서 잘난 척을 해댔다.

"그게 다 고물토끼님 덕분이죠! 이렇게 말하려고 했지? 할배, 할배! 내가 이 녀석한테 며칠 전에 5단계의 비밀을 가르쳐 줬거든요. 즐겁게 노력하고 즐겁게 쉬기! 그래서 이렇게 즐거워진 거라고요!"

코치는 또 잘난 척이 시작되었다면서 고물토끼를 놀려 댔다.

"너 그럼 내가 지금 생각난 유명한 인물 이야기 안 해 준다!"

역시 고물토끼였다. 고물토끼는 어떻게 하면 코치가 말을 잘 듣는지 누구보다 잘 알고 있었다. 코치는 얼른 이야기해 달라고 졸라 댔고, 고물토끼는 계속해서 어깨끈을 퉁퉁 튕기면서 오래전의 기억을 되살렸다.

"너 아르키메데스 알지? 그 녀석은 왕의 금관이 순금인지 아닌지 알아내기 위해서 밤낮없이 쉬지 않고 고민했어. 그때 내가 잠깐 좀 쉬면서 목욕이라도 하고 오라고 했지. 그랬더니 목욕탕에 들어가는 순간에 물이 흘러넘치는 걸 보고 그 고민에 대한 답을 찾지 않았겠어?"

"아, 그분이 무슨 '카'라고 외쳤죠? 무슨 카더라……."

코치도 학교에서 들어 본 적이 있다면서 한마디 거들었다.

“유레카, 유레카! 그때 내가 목욕이라도 하라고 하지 않았으면 ‘아르키메데스의 원리’ 같은 건 발견되지 않았을 거야. 그걸 발견하고 벌거벗은 채로 목욕탕 밖으로 뛰어나가던 아르키메데스 녀석의 모습은 아직도 눈에 선해. 정말 웃겼는데 말이야.”

고물토끼는 너무 웃겨서 배꼽이 빠지겠다며 깔깔거리고 웃어 댔다. 고물토끼와 코치가 그렇게 한참을 웃고 이야기하는 사이에 어느새 해는 뉘엿뉘엿 지고 있었다. 코치는 이제 집으로 돌아가야 할 시간이라며 책가방을 둘러맸다. 성격 급한 고물토끼는 코치보다 앞서서 할배언덕을 내려가기 시작했다.

“할배, 내일 또 올게요.”

그런데 인사를 하는 코치에게 할배나무가 물었다.

“코치야, 오늘은 걱정되는 것이 없니? 기분이 좋아 보이는구나.”

할배나무는 혹시나 코치가 걱정이 있는데 말을 못 하는 건 아닌지 염려가 되었다. 코치는 배시시 웃으며 말했다.

“오늘은 시험이 끝나서 그런지 마냥 좋기만 해요. 성적이 잘 나오면 더 좋을 텐데 모르죠! 선생님이 그러시는데 금요일이면 알 수 있대요.”

코치는 살짝 걱정을 하는 눈치기는 했지만 행운의 비밀 법칙 덕분인지 굉장히 긍정적으로 말하고 있었다. 그래도 코치 마음을 헤아린 할배나무는 격려를 해 주었다.

"그래. 걱정하지 말거라. 성적이 생각만큼 많이 오르지 않더라도 다음 기회가 또 있으니 괜찮다는 것도 잊지 말고!"

그때, 저 멀리 언덕 중간쯤에서 고물토끼가 코치에게 소리쳤다.

"집에 안 갈 거야? 빨리 내려와! 느림보 코치!"

할배나무와 코치는 웃으며 인사를 나누었다. 집으로 돌아가는 코치의 발걸음이 모처럼 가벼웠다.

나와의 약속 정하기!

- **즐거운 노력 계획표**
  -
  -
  -
  -
  -

- **즐거운 여가 계획표**
  -
  -
  -
  -
  -

07

행운의 법칙 제6단계

두근두근, 시험성적 발표하는 날

"코치야, 일어나렴. 학교 가야지!"

이른 아침, 코치는 엄마가 깨우는 소리에 부스스 잠에서 깼다. 부지런히 세수를 하고 아침밥을 먹은 코치는 의자 위에 포개져 있던 야구 점퍼를 주섬주섬 챙겨 입었다.

"고물토끼님은 아직도 자고 있겠지?"

잠꾸러기 고물토끼가 이렇게 일찍 일어날 리 없었다. 코치가 점퍼를 챙겨 입어도 고물토끼는 코치의 점퍼 주머니 안에서 세상모르고 쿨쿨 자고 있었다. 이번에 정한 아로로 입구는 코치의 야구 점퍼 주머니였다. 코치는 학교 갈 준비를 모두 마치고 일찌감치 집을 나섰다. 코치가 막 집을 나서는데, 느닷없이 고물토끼가 점퍼 주머니 밖으로 얼굴을 쑤욱 내밀었다.

"하암…… 아주 신이 나셨네? 아, 잘 잤다."

"깜짝이야! 왜 이렇게 일찍 일어났어요? 오후나 되어야 일어날 줄 알았는데."

"뭘, 그럴 수도 있지. 나도 궁금하긴 한가 봐. 그냥 일찍 눈이 떠졌어. 너 오늘 시험 성적 나오는 날이잖아."

그렇다. 오늘은 코치가 그토록 기다리고 기다리던 금요일! 바로 시험 성적이 나오는 날이었다.

"아침 일찍 가면 성적을 빨리 알 수 있대? 그래서 이렇게 서둘러 가는 거야?"

"헤헤…… 아뇨. 성적은 수업이 다 끝난 후에 알 수 있어요. 선생님이 채점한 시험지를 나눠 주신다고 했거든요."

코치는 이번 시험의 결과를 내심 기대하고 있었다. 고물토끼는 그런 코치가 한편으로 걱정이 되기도 했다.

"너 너무 기대하고 있는 건 아니지? 잔뜩 기대했다가 크게 실망하지 말고 편안하게 있어. 하암…… 그럼 난 조금만 더 자고 나올게."

고물토끼는 다시 코치의 점퍼 주머니 안으로 쏙 들어갔다. 하지만 코치는 하루 종일 수업을 듣는 내내 들뜬 마음으로 자리에 앉아 있었다. 도저히 수업에 집중을 할 수 없었다.

'아, 시간이 빨리 좀 갔으면……'

이번에 처음 공부라는 걸 해 본 코치였기 때문에 시험에 대한 기대가 그만큼 클 수밖에 없었다. 드디어 수업이 끝나고, 선생님이 채점을 마친 시험지를 가지고 교실로 들어왔다. 선생님은 아이들의 이름을 차례차례 부르며 시험지를 나누어 주었다. 랑코와 티티, 그리고 노노와 팡까지……. 코치는 선생님이 친구들의 이름을 한 명 한 명 부를 때마다 콩닥콩닥하는 마음으로 숨을 죽이고 자기 차례를 기다렸다.

"코치! 시험지 가져가렴."

"네!"

코치는 잽싸게 앞으로 나가서 얼른 시험지를 받아 들고 자리로 돌아왔다.

두근두근! 쿵쾅쿵쾅!

코치는 심장이 두근거려서 시험지를 한 번에 펼쳐 볼 수 없었다. 그때 불쑥 고물토끼가 코치의 주머니에서 튀어나와 말했다.

"어서 펼쳐 봐! 궁금해 숨넘어가시겠다!"

코치는 용기를 내어 채점된 시험지를 펼쳐 보았다.

★ ★ ★ ★

"이럴 수가! 말도 안 돼!"

코치는 자신의 시험지를 보자마자 곧바로 덮어 버렸다.

"왜? 어떻게 됐는데 그래? 100점이라도 맞은 거야?"

고물토끼가 물었지만 코치는 창백해진 얼굴로 멍하니 앉아 있을 뿐이었다. 빳빳하게 곤두선 등의 가시가 결코 좋은 결과는 아니라는 것을 말해 주고 있었다. 고물토끼는 심상치 않은 일이 벌어졌음을 금세 눈치챘다. 그래서 더 말을 시키지 않고 가만히 코치 옆에 있어 주었다. 친구들은 교실에 남아 삼삼오오 모여 시험지를 보고 이야기를 나누기 바빴다. 하지만 코치는 책가방을 챙겨 서둘러 교실을 빠져나가려 하고 있었다. 코치가 막 교실 문을 열고 나가려는 순간, 뒤에서 팡이 불렀다.

"코-치-야, 코-치-야-아-아."

팡은 코치에게 편지 봉투 하나를 건네주었다.

"이-거 받-아-, 헤-헤-헤."

코치는 시무룩한 표정으로 팡에게 물었다.

"이게 뭐야?"

"으-응, 내- 생-일- 파-티-에 와- 달-라-고. 초-대-장-이-야."

코치는 친구들에게 인기가 없는 편이었기 때문에 생일 파티에 초대를 받는 것은 이번이 처음이었다. 하지만 코치는 시험 성적 생각 때문에 기분 좋게 초대에 응하지 못했다.

"그래? 알겠어. 고마워……."

코치는 팡에게 고맙다는 인사는 했지만 여전히 잔뜩 실망한 표정이었다. 팡과 인사를 나눈 코치는 학교를 빠져나와 곧바로 할배언덕으로 올라갔다.

"코치야, 이제 오는구나! 어서 오려무나."

할배나무가 따스한 말로 코치를 반겨 주었지만 코치는 어깨를 축 늘어뜨린 채 할배나무 기둥에 등을 대고 털썩 주저앉았다.

"아니, 우리 코치가 오늘은 왜 이렇게 기분이 안 좋을까? 학교에서 무슨 일 있었니? 고물토끼 자네는 혹시 알고 있나?"

고물토끼는 잘 모른다는 듯 어깨를 으쓱 올렸다 내리면서 입을 삐죽 내밀었다. 그런데 그때 코치가 훌쩍거리는 소리를 내더니 울먹이는 목소리로 말했다.

"오늘…… 시험 성적이 나왔는데요. 77점밖에…… 못 받았어요. 정말 속상해요……. 태어나서 처음으로 열심히 공부해 본 건데……예전엔 48점밖에 못 받았었지만……그래도 고물토끼님이 가르쳐 준 행운의 비밀 법칙도 모두 지키면서…… 잘할 수 있다는 마음으로…… 정말 열심히 했는데…… 흑흑…… 저는 85점은 받을 줄 알았어요…… 흑흑……."

코치는 눈물을 뚝뚝 흘리고 있었다. 정말로 속이 상한 모양이었다.

"어이쿠, 우리 코치가 많이 실망했구나."

할배는 코치 마음을 위로해 주며 등을 쓸어 주었다. 학교에서부터 지금까지 가만히 코치 옆에 있던 고물토끼가 드디어 입을 열었다.

"우리 울보 코치 또 우네? 그만 울어. 그러게 내가 아침에 뭐랬어. 너무 기대하지 말라고 했지? 행운의 비밀 법칙을 다 따르고 지킨다고 실패를 안 할 거라 생각했어?"

고물토끼의 말에 코치는 당연하다는 듯 고개를 끄덕였다.

"네……. 행운아는…… 행운아는 실패를 안 하는 거 아니에요?"

그러자 고물토끼는 고개를 휘휘 저으며 절대 아니라고 했다. 코치는 옷소매로 쓱쓱 눈물을 닦으며 고물토끼에게 물었다.

"행운아도 실패를 한다고요? 저는 열심히 했는데도 시험을 못 봐서…… 저 같은 애한테 행운 같은 건 오지 않는 거라고 생각했어요, 훌쩍……."

고물토끼는 코치의 머리카락을 흐트러뜨리며 웃어 댔다.

"행운아라고 실패를 안 하면 얼마나 좋겠어. 하지만 세상에는 내 마음대로 되는 일보다 그렇지 않은 일이 더 많아. 아마 어른이 되면 더 그럴걸?"

그러면서 고물토끼는 아주 멋진 말을 해 주었다.

"행운이라고 해서 항상 좋은 일만 만나는 건 아니야. 그렇지 않은 일까지도 좋은 방향으로 풀어 나갈 때 진짜 행운이 찾아오는 거지."

코치는 지금까지 자기가 생각하던 것과 전혀 다른 말을 들었지만, 왠지 이 말이 마음속 깊이 새겨지는 것 같았다.

"행운의 비밀 법칙이 7단계까지 있는데 벌써 실망할 거야?"

고물토끼의 장난스러운 질문에 코치는 배시시 웃으며 대답했다.

"아니요, 헤헤……."

"흠, 그럼 이제 그만 울고 행운의 노트 6단계를 보러 가자. 지금 너한테 꼭 필요한 내용이거든!"

코치는 한결 가벼워진 마음으로 자리를 털고 일어섰다.

"할배, 6단계 내용도 잘 배워서 이야기해 드릴게요. 그럼 내일 또 뵈어요."

퉁퉁 부은 눈으로 웃으며 인사하는 코치에게 할배나무는 인자한 미소로 손을 흔들어 주었다.

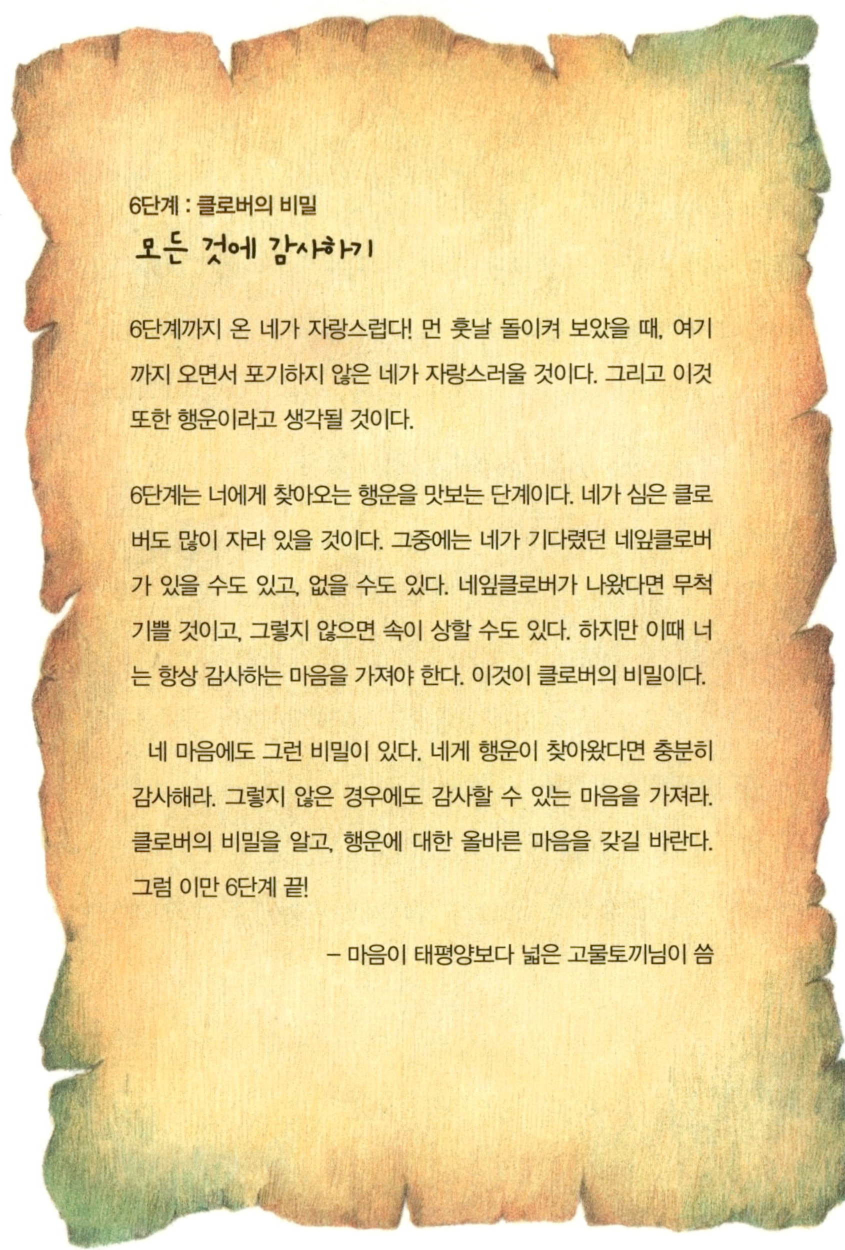
6단계 : 클로버의 비밀

모든 것에 감사하기

6단계까지 온 네가 자랑스럽다! 먼 훗날 돌이켜 보았을 때, 여기까지 오면서 포기하지 않은 네가 자랑스러울 것이다. 그리고 이것 또한 행운이라고 생각될 것이다.

6단계는 너에게 찾아오는 행운을 맛보는 단계이다. 네가 심은 클로버도 많이 자라 있을 것이다. 그중에는 네가 기다렸던 네잎클로버가 있을 수도 있고, 없을 수도 있다. 네잎클로버가 나왔다면 무척 기쁠 것이고, 그렇지 않으면 속이 상할 수도 있다. 하지만 이때 너는 항상 감사하는 마음을 가져야 한다. 이것이 클로버의 비밀이다.

네 마음에도 그런 비밀이 있다. 네게 행운이 찾아왔다면 충분히 감사해라. 그렇지 않은 경우에도 감사할 수 있는 마음을 가져라. 클로버의 비밀을 알고, 행운에 대한 올바른 마음을 갖길 바란다. 그럼 이만 6단계 끝!

– 마음이 태평양보다 넓은 고물토끼님이 씀

클로버 화분에 일어난 멋진 일

집에 도착한 코치는 차분한 마음으로 행운의 노트를 펼쳤다. 그런데 6단계 내용을 읽어 내려가던 코치가 갑자기 벌떡 일어나 마당으로 뛰어나갔다.

"왜 또 그래? 무슨 일이야?"

코치는 클로버 화분 앞에 서서 고물토끼에게 소리쳤다.

"빨리 와 보세요! 네잎클로버예요! 내 화분에서 네잎클로버가 자랐어요!"

클로버 화분에서 네잎클로버를 발견한 코치는 팔짝팔짝 뛰며 무척이나 좋아했다. 언제 울었냐는 듯 해맑게 웃고 있었다.

"그렇게 좋아? 너 네잎클로버 처음 보는구나!"

코치는 한참 동안 눈을 동그랗게 뜨고 네잎클로버를 유심히 살펴보았다.

"와, 정말 신기해요. 진짜 네잎클로버가 나올 거라고는 생각도 못 했어요. 하나, 둘, 셋, 넷! 진짜로 잎이 네 장이에요!"

고물토끼도 코치가 진심으로 기뻐하는 모습을 보며 무척이나 흐뭇했다.

"축하해. 네잎클로버가 나온 걸 보니 정말 좋지? 그냥 클로버가 잘 자라 주는 것만도 좋은 일인데 말이야.”

고물토끼의 말에 코치가 뭔가 이상하다는 듯이 물었다.

“네? 그냥 클로버가 잘 자라는 것도 좋은 일이라고요?”

“물론이지! 넌 지금 행운의 네잎클로버가 자라야만 멋진 일이라고
생각하지?”

“그럼요! 그냥 클로버가 자라는 게 뭐가 좋아요. 이렇게 행운의 네잎
클로버가 나와야 좋죠!”

코치는 너무나 당연한 말이라는 듯이 당당하고 큰 목소리로 대답했다.

“너 오늘 네가 왜 그렇게 크게 실망을 했는지 잘 모르지? 네잎클로버
하나만 보지 말고, 그 옆에 있는 클로버들도 봐 주란 말이야.”

코치는 무슨 말인지 전혀 알아듣지 못한 채 멍한 표정을 짓고 있었다.

“생각해 봐! 네잎클로버가 자란 건 너무나 멋지고 감사한 일이야. 하
지만 세잎클로버가 잘 자란 것에 대해서도 감사해야 하지 않겠어? 죽
지 않고 건강하게 자라 주었잖아.”

“그거야 세잎클로버는…… 당연히 잘 자라는 거니까 그렇죠!”

코치는 자기 생각을 말하고 있기는 했지만 어쩐지 점점 자신이 없
어졌다.

“그럼 너 만약에 네잎클로버가 나오지 않았으면 어땠겠어?”

“당연히! 실망했겠죠?”

“그것 봐! 그래서 네가 오늘 그렇게 실망하고 속상해했던 거야. 이 클로버들을 생각해 봐. 네가 지난번에 뽑아 버린 하나를 빼고는 여섯 개의 클로버가 모두 잘 자랐어. 죽지도 않고 말이야. 그런데 넌 네잎클로버만 기대했고, 달랑 하나 만들어진 네잎클로버에만 기뻐하고 있잖아.”

코치는 인정하고 싶지 않았지만 고개를 끄덕일 수밖에 없었다.

“행운도 마찬가지야. 오늘 일어난 일들 중에 시험 성적이 잘 나오지 않은 것만 생각하지 말고, 작게라도 감사할 수 있는 좋은 일은 없었는지 생각해 봐. 내가 볼 땐 엄청 많은 것 같은데. 네가 시험 성적에만 신경 쓰느라 그냥 넘어가 버린 일은 없는지 생각해 보자는 거야.”

고물토끼의 말에 코치는 잠깐 동안 오늘 하루를 돌아보았다. 오늘 하루, 어떤 감사한 일들이 일어났었는지를…….

★　★　★　★

“아, 맞다! 오늘 이걸 받았어요!”

곰곰이 생각을 하던 코치는 책가방을 가져와 무언가를 꺼냈다. 코치가 고물토끼에게 보여준 것은 바로 학교에서 팡이 준 생일 파티 초대장이었다.

"이건 아까 팡이 준 거잖아?"

고물토끼도 그것이 무엇인지 알고 있었다.

"네, 맞아요. 헤헤! 오늘 처음으로 친구 생일 파티에 초대를 받았어요. 열흘 후 월요일이에요! 아까는 성적이 너무 안 나와서 좋은 줄도 몰랐는데…… 생각해 보니까 제가 행운의 비밀 법칙을 배우면서 친구들이랑 많이 친해졌잖아요. 오늘 감사한 일은 이걸 받은 일 같아요! 맞죠?"

코치는 대단한 것이라도 생각해 낸 양 뿌듯해했다.

"그것 말고도 또 감사한 일이 많을 텐데……."

고물토끼는 좀 더 자세한 이야기를 해 주었다.

"친구 생일 파티에 초대받은 것도 너한테는 굉장한 행운처럼 좋은 일 아니야? 예전에 날 처음 만났을 때만 해도 친구가 하나도 없었잖아."

코치는 그렇다고 할 수밖에 없었다. 그것은 누구나 알고 있는 사실이었기 때문이다.

"그런 큼직큼직한 좋은 일들 말고도 아주 평범하게 일어나는 작은 일들에 감사하는 마음을 갖는 게 바로 6단계의 비밀이야. 모든 것에 감사하라는 거지!"

코치는 이제야 고물토끼가 무언가 또 새로운 비밀에 대해 말하고 있다는 걸 알 수 있었다.

"세잎클로버들이 건강하게 자란 것에 대해 감사하라는 말이 바로 이 말이야. 당연하게 생각되는 것들에 대해 항상 감사하는 마음을 가지라는 말이지."

그러면서 고물토끼는 코치에게 다시 물었다.

"네잎클로버의 꽃말이 뭐라고 했지?"

"행운이요! 그 정도는 알아요!"

"그럼 세잎클로버의 꽃말은 뭔지 알아?"

"음…… 그건 잘 모르겠어요."

코치는 아무리 생각해 봐도 세잎클로버의 꽃말을 들어 본 기억이 없었다. 그런 코치에게 고물토끼는 또박또박 이야기했다.

"세잎클로버의 꽃말은 행복이야. 작은 것들에 감사할 때 우리는 행복해질 수 있다는 말씀!"

코치는 처음 들어 보는 멋진 말을 잊어버릴까 봐 얼른 행운 다이어리를 꺼내 메모했다. 고물토끼는 감사에 대한 이야기를 계속했다.

"아주 작은 것들을 생각해 보면 돼. 날씨가 화창한 것 또는 비가 오는 것부터 밥을 맛있게 먹은 것, 부모님이 계신 것, 귀여운 동생이 있는 것, 건강한 것까지! 이런 것 말고도 생각해 보면 감사할 일이 무척 많을걸?"

고물토끼는 점점 빠르게 랩을 하듯이 코치가 감사할 수 있는 것들에 대해 말해 주었다. 그런데 그때, 코치가 생각난 듯 물었다.

"그런데요, 고물토끼님! 예전부터 궁금했는데요, 이런 것들은 누구한테 배웠어요?"

그러자 고물토끼는 우쭐거리며 대답했다.

"누구한테 배우긴! 내가 누구야? 고물토끼님 아니겠어? 내가 아주 옛날부터 연구해 온 순수 내 작품들이라고!"

그러고는 어김없이 멜빵바지 어깨끈을 통통 튕겨 댔다.

"그럼 이제 행운 다이어리를 쓰면 되는 거예요?"

고물토끼는 아직 아니라면서 더 중요한 게 남아 있다고 말했다.

"감사만 한다고 모든 일이 해결되는 건 아니야. 행복을 찾는 것도 중요하지만 실패한 것에 있어서 다시 성공을 이뤄야 진짜 행운아 아니겠어?"

코치는 고물토끼가 또 무슨 말을 하려는 건지 감을 잡을 수 없었다. 그런데 그 순간, 방 안에 울리는 코치의 꼬르륵! 소리에 코치와 고물토끼는 저녁을 먹고 다시 이야기를 나누기로 했다.

"아…… 배부르다! 헤헤, 배가 많이 고팠어요. 고물토끼님은 저녁 안 먹어요?

코치는 맛있게 저녁을 먹고 방으로 돌아왔다. 그 사이 고물토끼는 게임에 폭 빠져 있었다.

"응, 난 네가 지난번에 준 초콜릿 도넛 먹었어."

"초콜릿 도넛이요? 그걸 안 먹고 챙겨 놨었단 말이에요? 그러면서 저는 한 개도 안 주고……. 정말 치사 뿡이에요. 쳇, 쳇, 쳇, 뿡, 뿡, 뿡!"

코치가 삐친 척을 하자 고물토끼는 깔깔거리며 웃어 댔다. 오랜만에 투덜거리는 코치가 고물토끼의 눈에는 귀여워 보였다.

"자, 도넛 때문에 삐친 코치님! 하던 얘기 계속할까요?"

"안 삐쳤어요! 돼지 고물토끼님!"

코치도 고물토끼를 같이 놀리며 맞받아쳤다. 그리고 둘은 아직 못다 한 6단계 이야기를 계속해 나갔다.

"이번에는 오늘 너처럼 실패를 한 경우에 대해서 생각해 볼 거야."

"고물토끼님, 설마…… 실패를 해도 감사하라는 말은 아니겠죠?"

눈치코치 없는 코치가 대충 생각해 볼 수 있는 것은 이 정도였다. 고물토끼는 전혀 아니라면서 어깨끈을 퉁퉁 튕기며 거만하게 말하기 시작했다.

“아마 대부분은 그렇게 생각할 거야. 날 흉내 내면서 가짜 고물토끼 노릇을 하고 다니는 괴물토끼나 고철토끼 같은 녀석들도 그 비슷한 이야기들을 하지. 언제나 모든 일에 감사하라고 말이야.”

고물토끼는 무언가 자기만의 비법을 가지고 있는 것 같았다.

“실패한 것에 대해서 어떻게 무턱대고 감사하겠어? 진심으로 감사할 수 없을 거 아니야. 안 그래?”

그러자 코치는 고개를 끄덕이며 대답했다.

“맞아요! 아마 지금 저한테 시험 망친 거에 대해서 감사하라고 하면 못 할 거예요.”

“맞아, 맞아. 네가 만약에라도 ‘지금 시험을 못 봐서 너무 감사해요’ 라고 말하면 그건 정말 뻥! 아니, 거짓말이지. 클로버가 잘 자라지 못하고 죽은 것에 대해 감사할 수는 없는 것처럼 말이야.”

코치는 웬일인지 고물토끼가 자기 마음을 잘 알아주는 것 같아 기분이 좋았다. 고물토끼는 자기만의 비법을 공개하겠다며 비장한 표정을 지어 보였다.

“실패한 것에도 감사할 수 있는 비밀은 바로…… 용서라는 거야!”

고물토끼의 용서라는 말에 코치는 고개를 갸우뚱했다.

"용서요? 무슨 용서요? 용서는 누가 잘못을 했을 때 하는 거 아니에요?"

"그래, 맞아! 실패한 것에 대해서 네가 무엇을 잘못했는지 생각해 보고, 잘못한 것에 대해서 너 자신을 스스로 용서해 주는 거야."

그리고 고물토끼는 코치가 잘 이해할 수 있도록 예를 들어 주었다.

"너 저번에 클로버 줄기 하나를 뽑아서 죽인 적 있었지?"

"네…… 그때는 제가 잘 몰라서…….."

코치는 지난날의 기억이 새록새록 떠오르는지 머리를 긁적였다.

"맞아. 그때 넌 클로버가 자랄 때까지 기다려야 한다는 걸 몰랐어. 그걸 용서하고 다음부터는 옳은 방법을 따르면 되는 거지."

고물토끼의 말에 코치는 고개를 끄덕였다.

"이번에는 네가 열심히 공부했는데 성적이 잘 안 나온 걸 가지고 얘기해 보자! 무엇이 부족했는지 생각해 보면, 넌 지금까지 평소에는 공부를 전혀 안 하다가 시험 며칠 전부터 공부하기 시작했어. 공부는 시험 기간에만 하는 건 아니잖아?"

코치는 아니라고 하고 싶었지만 고물토끼의 말이 모두 사실이라서 아무 말도 할 수 없었다.

“그렇다면 이번에 네가 성적이 잘 안 나온 건, 즐겁게 공부하기는 했지만 충분히 시간을 갖고 하지 않았기 때문이라는 걸 알 수 있지! 안 그래?”

고물토끼의 논리적인 말에 코치는 고개를 끄덕이며 물었다.

“그러면요, 고물토끼님! 실패한 이유를 찾았으니까 용서하면 되는 거예요?”

“용서만 하고 끝나면 안 되겠지. 잘못한 부분을 알았으면 같은 실수를 하지 않도록 계속해서 행운의 비밀 법칙을 실천해 보는 거야. 1단계부터 차근차근! 그러면 넌 클로버를 뽑아 버리는 실수를 다시 저지르지 않을 거고, 성적도 어느 때가 되면 쑥쑥 오르지 않겠어?”

코치의 얼굴은 어느새 밝아져 있었다.

“울보 코치! 아까는 속상해서 눈물을 뚝뚝 흘리더니! 이제는 괜찮아?”

“네……. 그때는 진짜 저 같은 애는 행운아가 될 수 없을 것 같아서 포기하려고 했어요, 헤헤…….”

솔직한 마음을 털어놓는 코치에게 고물토끼는 꼭 해 주고 싶은 말이 있었다.

“모두들 그렇게 생각해서 행운아가 되지 못하는 거야. 기대하던 좋은 일들이 일어나야 행운이 찾아왔다고 생각하지. 감사와 용서에

대해서 모르고 이 6단계를 실천하지 않으면 그 누구도 행운아가 될 수 없어.”

묵묵히 고물토끼의 이야기를 듣고 있던 코치는 오늘 정말 많은 걸 깨달았다고 생각했다.

“하암…… 오늘 너무 많은 이야기를 한 것 같아. 이만 졸려서 자야겠어.”

고물토끼가 하품을 하고 눈을 비비면서 코치의 야구 점퍼 주머니로 들어가려 하자, 코치가 고물토끼를 다급하게 불렀다.

“고물토끼님! 잠깐만요.”

“왜? 또 질문이 있는 거야? 아, 행운 다이어리 잘 쓰고 자면 돼. 6단계 이야기를 잘 들었으니까 이번에는 어렵지 않게 쓸 수 있을 거야. 그리고 계속해서 쓰면 아마 좋은 일들도 생길 거야, 하암…….”

“행운 다이어리 쓰는 것쯤은 이제 잘 알아요. 그게 아니고요, 이 네잎 클로버 말이에요. 기념으로 제가 간직하면 안 돼요……?”

코치는 조심스럽게 말했다. 예전에 쑤욱 뽑아서 죽게 만든 클로버를 아직도 마음에 걸려하는 것 같았다.

“물론 괜찮지! 내가 만난 녀석들은 대부분 일기장 같은 곳에 끼워 놓거나 하던데. 넌 어떻게 할 생각이야?”

고물토끼가 허락하자 코치는 신이 나서 대답했다.

"저는 코팅해서 책갈피로 만들래요. 그래서 매일매일 가지고 다닐

거예요. 매일 보면 기분이 좋아지고 왠지 행운이 찾아올 것 같아요."

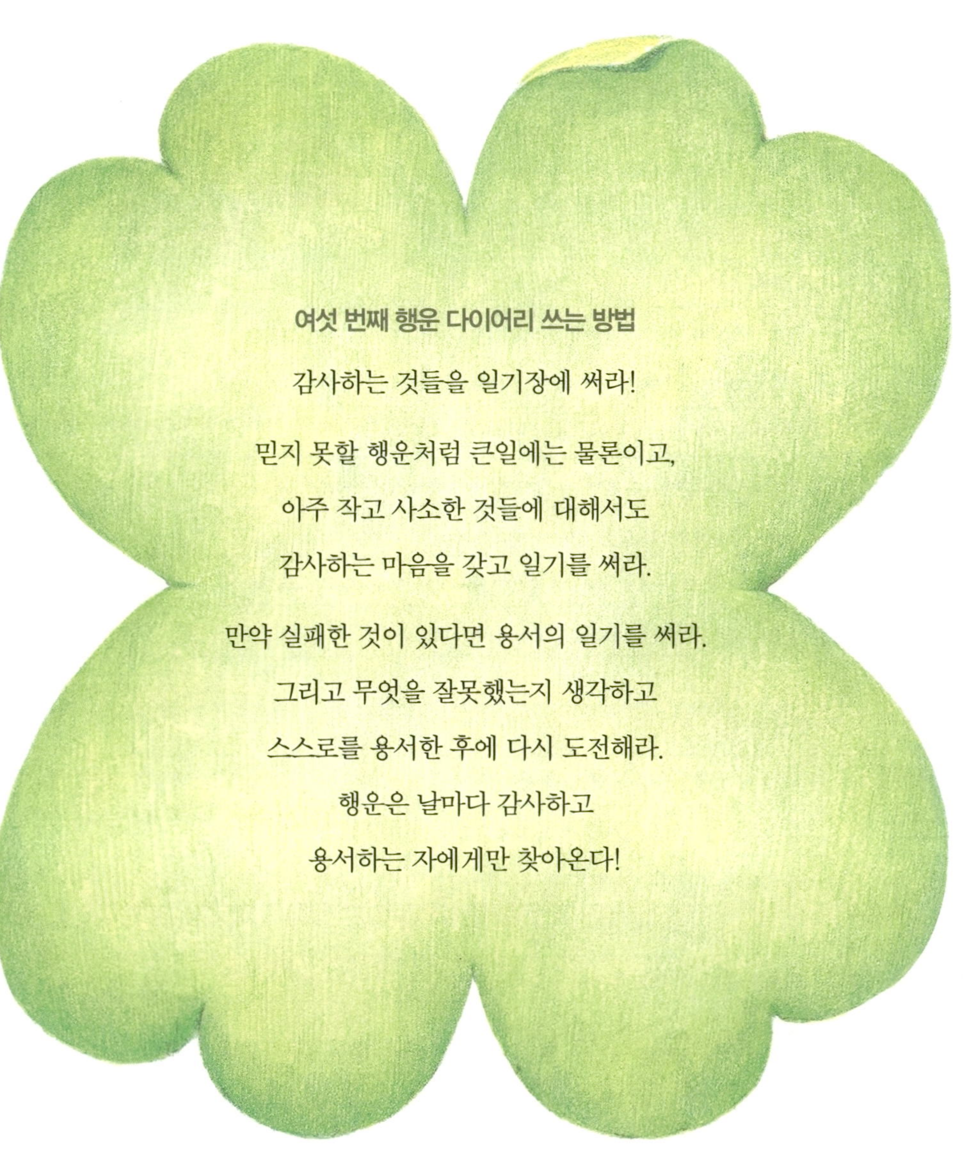

여섯 번째 행운 다이어리 쓰는 방법

감사하는 것들을 일기장에 써라!

믿지 못할 행운처럼 큰일에는 물론이고,
아주 작고 사소한 것들에 대해서도
감사하는 마음을 갖고 일기를 써라.

만약 실패한 것이 있다면 용서의 일기를 써라.
그리고 무엇을 잘못했는지 생각하고
스스로를 용서한 후에 다시 도전해라.
행운은 날마다 감사하고
용서하는 자에게만 찾아온다!

감사 일기 쓰기!

• 오늘의 감사 일기

- 팡의 생일 파티에 초대를 받은 것!

친구들과 많이 친해진 것 같아 감사하다.

- 내 옆에 고물토끼와 할배나무가 있는 것!

고물토끼와 할배나무 덕분에 많이 행복해져서 감사하다.

- 가족이 화목해지고 있는 것!

고물토끼를 만난 후로 내가 조금씩 달라지고, 엄마아빠랑 사이가

좋아지고, 포포랑도 사이가 좋아져서 감사하다.

• 오늘의 용서 일기

- 시험 기간에만 공부를 한 나를 용서한다.

앞으로는 평소에도 즐거운 마음으로 열심히 공부할 거다.

- 클로버 줄기를 뽑아 버린 나를 용서한다.

그때는 기다려야 한다는 걸 몰랐다.

이제부터는 잘 참고 즐겁게 기다릴 수 있다.

- 속상하다고 울어 버린 나를 용서한다.

너무 속이 상해서 막 울어 버렸다.

앞으로는 속이 상해도 무엇을 잘못했는지 생각해 보고,

나를 용서한 다음 다시 도전할 거다.

마법 같은 감사 일기

화창한 토요일 오후, 코치와 고물토끼는 할배언덕에서 즐거운 시간을 보냈다. 코치가 감사 일기를 쓴 지도 벌써 일주일이나 지났다. 고물토끼는 코치에게 할배나무에 매달아 놓은 그네를 타 보라고 졸라 댔다. 줄곧 혼자서만 타서 재미가 없다고 난리였다. 하지만 코치는 할배나무가 힘들 것 같다며 타지 않겠다고 했다.

"진짜 한 번만 타 봐. 엄청 재미있다니까! 내가 밀어 줄게, 응? 내가 수백 년 전부터 탔었는데 할배는 아무렇지도 않았어. 그렇죠, 할배?"

그러자 할배나무가 껄껄 웃으며 말했다.

"그래, 코치야. 이 할배는 괜찮단다. 고물토끼가 꼭 너랑 같이 타고 싶은 모양이구나. 어서 타 보렴."

할배나무까지 거들자 코치는 마음을 돌려 그네 위에 앉았다. 고물토끼는 신이 나서 그네에 앉은 코치를 밀어 주었다.

"재미있지? 그것 봐! 자, 이제 나 밀어 줘!"

고물토끼는 자기가 탈 차례가 되자 더욱 신이 났다. 코치는 그네에서 내려오면서 할배나무에게 말했다.

"할배, 재미있게 잘 탔어요. 고맙습니다!"

코치가 고맙다는 인사를 하자 할배나무와 고물토끼는 무척이나 신기하다는 듯 코치를 쳐다보았다.

“우리 코치가 다 컸구나. 허허. 나도 고맙다, 코치야!”

할배나무는 다정한 인사로 답을 해 주었다.

“너 지금 행운주문을 말한 거야? 엄청 자연스러워졌어!”

고물토끼가 기특하다는 듯 말하자 코치는 머리를 긁적이며 대답했다.

“아…… 그런 것도 있지만요. 감사 일기를 쓰다 보니까 행운주문도 많이 말하게 되는 것 같아요.”

고물토끼는 무척이나 감동한 듯 말했다.

“내가 널 만난 이후로 오늘이 가장 감격스러운 것 같다! 내가 말해 주기도 전에 네가 먼저 그걸 느끼고 있었다니, 정말 멋진걸?”

그러면서 고물토끼는 코치에게 이렇게 말해 주었다.

“감사는 마법 같은 힘이 있어서 감사하면 할수록 감사할 일이 점점 더 많아진다는 사실!”

코치는 이 말이 꽤 멋있게 느껴졌는지 행운 다이어리를 꺼내 받아 적었다. 다이어리에는 어느새 지금까지 고물토끼가 해준 좋은 말들이 빼곡했다. 그리고 코치는 지난 일주일 동안 생각했던 것들을 이야기했다.

“맞아요! 그러고 보면 감사할 일이 참 많더라고요. 이렇게 고물토끼 님을 만난 것도 감사하고, 언제나 지켜봐 주는 할배나무가 있는 것도

감사하고! 사랑하는 가족들이 있다는 거랑 친구들이 조금씩 저를 좋아해 주기 시작했다는 것도! 또…… 건강한 것도, 공부할 수 있는 것도, 뛰어놀 수 있는 것도 모두 다 감사할 일인 것 같아요.”

코치는 그동안은 모르고 지냈던 사소한 것들에 대해서 진심으로 감사하게 느끼고 있었다. 고물토끼는 어려울 때 감사하는 것이 얼마나 중요한지에 대해서도 이야기해 주었다.

“감사할 일이 있을 때 감사한 마음을 표현하는 건 밝은 대낮에 불을 켜는 것과 같아. 그리고 힘들고 어려운 일이 있을 때 감사한 마음을 표현하는 건 캄캄한 밤에 불을 켜는 것과 같지! 눈앞이 캄캄할 때 작은 일에도 감사한 마음을 가지면 희망의 빛을 볼 수 있게 되는 거야.”

코치는 고물토끼의 말을 한 마디도 놓치지 않으려고 귀를 기울였다. 그리고 고물토끼는 오늘의 유명한 인물 이야기도 빼놓지 않았다.

“너 혹시 오프라 윈프리 알아? 내가 널 만나기 전에 만났던 소녀야. 지금은 미국에서 엄청 유명한 스타가 됐지!”

코치는 생각지 못한 이름을 듣고는 무척이나 반가워하면서도 깜짝 놀랐다.

“정말로 오프라 윈프리를 만났었다고요?”

“그럼! 내가 가르쳐 준 감사 일기를 잘 써서 그렇게 훌륭하게 큰 거라고. 사실 어렸을 때 굉장히 어려운 일을 많이 겪었거든. 우리가 상상하지도 못할 정도로 말이야. 그런데 아주 작은 것들부터 감사하기 시작하더니 어느새 그렇게 성공한 인물이 된 거야. 방송을 통해 전 세계 많은 사람들에게 영향을 끼치고 있는 오프라 윈프리! 어때, 감동이지? 그러고 보면 감사의 힘은 정말 대단한 거야! 이렇게 멋진 걸 가르쳐 주는 난 더 멋지고! 하하하!”

고물토끼는 결국 오늘도 자기 자랑으로 이야기를 마쳤다.

“으으, 잘난 척만 안 했으면 정말 멋졌을 거예요. 그렇죠, 할배?”

코치가 고물토끼를 놀리자 할배나무는 껄껄 큰 소리를 내며 웃었다. 고물토끼는 혼내 주겠다며 코치를 잡으러 다녔다. 그 덕분에 코치는 할배나무 주변을 빙빙 돌며 한참 동안 도망을 다녀야 했다. 코치와 고물토끼는 역시 못 말리는 장난꾸러기들이었다.

★　★　★　★

“할배, 내일은 일요일이니까 일찍 놀러 올게요. 고물토끼님이랑 같이 재미있게 놀아요.”

집으로 돌아갈 시간이 되자 코치는 할배나무에게 인사를 했다. 그러자 할배나무는 흐뭇한 얼굴로 물었다.

"코치야, 고물토끼와 이야기 나누는 모습도, 내게 인사하는 모습도 정말 행복해 보이는구나. 오늘은 정말로 걱정되는 것도 심통 나는 것도 없는 것 같은데, 어떠니?"

"네, 거짓말처럼 그런 게 전부 없어졌어요. 예전엔 모조리 다 마음에 안 드는 일뿐이었는데 신기하게도 이제는 그렇지가 않아요. 고물토끼님에게 배웠거든요. 좋은 일에도 나쁜 일에도 감사하기!"

할배나무 앞에 서 있는 코치는 이제 더 이상 투덜이 코치가 아니었다. 그저 해맑게 웃으며 행복해하는 코치일 뿐이었다.

"그래, 잘 가거라! 내일 또 보자꾸나. 고물토끼 자네도!"

할배나무는 코치와 고물토끼가 할배언덕을 내려갈 때까지 흔들흔들 나뭇가지를 흔들며 인사해 주었다. 그렇게 할배언덕을 중간쯤 내려왔을 때, 고물토끼가 코치에게 물었다.

"코치, 코치! 너 진짜 행운아는 뭐라고 생각해?"

코치는 선뜻 대답할 말이 생각나지 않았다.

"음, 잘…… 모르겠어요. 예전에는 좋은 일이 많이 일어나는 친구들을 행운아라고 생각했는데 고물토끼님이랑 같이 있어 보니까 그건 아닌 것 같아요. 고물토끼님, 진짜 행운아는 뭐예요?"

코치가 되묻자 고물토끼는 때가 되었다는 듯 이렇게 말해 주었다.

"모든 것에 감사하고 스스로 행운아라고 믿으면 그게 진짜 행운아인 거야. 행운은 그런 행운아만을 찾아간다는 말씀! 알겠지?"

그 순간, 코치는 왠지 가슴이 뭉클해졌다. 어느새 진짜 행운아가 된 자신의 모습을 발견했기 때문이었다.

"뭐야, 그 감동한 표정은? 아무리 생각해도 내가 너무 멋있는 거지! 그렇지?"

고물토끼의 장난에 코치는 뭉클했던 기분은 금세 잊어버리고, 또 한 번 깔깔거리며 크게 웃었다.

감사 일기 쓰기!

- **오늘의 감사 일기**

- **오늘의 용서 일기**

08

행운의 법칙 제7단계

나도 선물할래!

일요일 아침, 코치는 다른 날보다 일찍 잠에서 깼다. 그런데 바로 일어나지 않고 방 안에서 꼼짝도 하지 않은 채 가만히 앉아 생각에 잠겼다. 잠시 후, 고물토끼가 눈을 비비며 장난감 시계에서 튀어나왔다. 고물토끼가 이번에 정한 아로로 입구는 포포의 장난감 시계였다.

"하암…… 잘 잤다! 코치! 너도 잘 잤어?"

"네……."

고물토끼가 아침 인사를 했지만 코치는 냉랭한 목소리로 대답할 뿐이었다. 무언가 이상하다고 느낀 고물토끼가 코치에게 물었다.

“너 표정이 왜 그래? 무슨 일 있는 거야?”

“아니에요. 아무 일 없어요.”

고물토끼는 코치에게 무슨 일이 있는 것 같았지만 우선 그냥 지켜보기로 했다.

“코치, 코치! 오늘은 일요일이니까 나랑 놀 거지?”

고물토끼는 코치의 기분을 좋게 해 주고 싶었다. 그래서 코치에게 같이 게임도 하고 할배나무에게 놀러도 가자고 했다. 코치가 세수를 하고 방으로 들어오자, 고물토끼는 벌써 게임기 앞에 앉아 있었다.

“우하하! 너 진짜 못한다! 난 정말 게임 왕인 것 같아! 그치? 우하하!”

게임을 하는 내내 고물토끼는 시끄럽게 떠들면서 코치를 놀려 보기도 하고 잘난 척을 해 보기도 했다. 하지만 코치는 여전히 웃지 않고 무뚝뚝한 반응만 보일 뿐이었다. 코치에게 무슨 일이 있는 게 분명했다. 게임을 하고 난 코치와 고물토끼는 할배언덕에 놀러 가기 위해 집을 나섰다. 코치는 팔목에 동생 포포의 장난감 시계를 차고 있었다.

“내 덕분에 그런 시계도 차 보는 거야. 고맙지?”

“왜 하필이면 이렇게 유치한 시계냐고요. 이런 건 유치원에 다니는 어린 애들이나 하는 건데.”

“뭐야. 그래서 너 지금 또 투덜거린 거야? 바로 어제만 해도 절대

투덜거리지 않을 것처럼 굴더니! 그리고 너도 충분히 어리거든! 이 시계 잘 어울려!”

“투덜거리는 거 아니에요. 그리고 전 어린 애도 아니에요.”

코치와 고물토끼는 그렇게 말씨름을 하며 할배언덕 꼭대기로 올라갔다.

“할배! 우리 많이 기다렸죠?”

고물토끼가 할배나무에게 반갑게 인사했다.

“할배, 안녕히 주무셨어요.”

코치도 인사를 했다. 하지만 아직까지 시무룩한 표정과 말투는 그대로였다.

“일요일이라 일찌감치 놀러 왔구나! 그런데 코치 얼굴이 왜 그러니? 무슨 일이라도 있는 게냐?”

코치를 누구보다 잘 아는 할배나무는 코치에게 심상치 않은 일이 있다는 것을 금세 눈치챘다. 그러자 고물토끼도 이제는 답답해서 못 참겠다는 듯 말했다.

“그러게 말이에요! 저 녀석 오늘 아침부터 저렇게 뚱한 표정인 거 있죠! 무슨 일이 있냐고 물었는데도 말을 안 해요.”

잠깐 동안 우물쭈물하며 망설이던 코치는 그제서야 입을 떼었다.

“사실은 고민이 있는데…… 할배나무한테 와서 이야기하려고 말을
안 했어요. 제 고민은 할배나무가 가장 잘 들어 주시잖아요, 헤헤…….”
코치는 웃고 있었지만 꽤 오랫동안 고민해 온 표정이었다.

★ ★ ★ ★

“그게…… 말이에요. 지난번에 팡한테 생일 파티 초대장을 받았잖아
요. 팡 생일이 바로 내일이거든요.”
코치가 이야기를 꺼내자 고물토끼와 할배나무 모두 적극적인 반응
을 보였다.
“아, 그래! 너 처음으로 친구 생일에 초대 받았다고 했었잖아. 그게
벌써 내일이네? 재밌겠다!”
“그래, 코치야. 이 할배도 기억이 나는구나. 그런데 무엇이 고민이니?”
코치는 용기를 내어 계속해서 이야기했다.
“친구 생일이면 선물을 해야 하는데…… 제가 한 번도 선물이란 걸
해 본 적이 없거든요……. 어떤 선물을 하는 게 좋을까요?”
코치의 고민을 듣고 할배나무가 말했다.
“우리 코치가 정말 많이 컸구나. 허허! 선물이라…… 그건 고물토끼

239

가 도와줄 수 있을 것 같구나."

그러자 고물토끼가 멜빵바지 어깨끈을 퉁퉁 튕기며 코치에게 말했다.

"이런 고민이 있으면서 나한테 말을 안 했다 이거지? 내 도움이 꼭 필요한 고민인 줄도 모르고 말이야! 너무 할배나무만 좋아해 주시는 경향이 있으신 거지, 우리 코치님!"

"무슨 좋은 방법이 있는 거예요?"

코치가 눈이 동그래져서 묻자 고물토끼는 더욱 으스대며 말했다.

"당연한 거 아니겠어? 내가 누구야? 척척박사 고물토끼님이잖아! 할배, 이 녀석은 아직도 나에 대해서 잘 모르는 것 같지 않아요?"

고물토끼의 말에 할배나무는 껄껄 웃으며 말했다.

"이제 그만 놀리고 어서 코치에게 꼭 필요한 이야기를 해 주지 그러나?"

할배나무는 무언가 의미심장한 말을 하고 있었다.

"그러게요. 이 녀석한테 이 이야기를 해 줄 날이 이렇게 빨리 올 거라고는 생각 못 했는데. 아직 장난도 더 치고 싶고, 같이 할 게임도 많이 남았지만 때가 됐으니 어서 해 줘야겠죠?"

고물토끼와 할배나무의 대화를 들으며 코치는 고개를 갸웃거릴 뿐이었다.

“넌 진짜 운 좋은 줄 알아! 이렇게 좋은 할배나무에, 이렇게 멋진 이 고물토끼님까지 만났으니 말이야. 넌 정말 행운아라고!”

고물토끼의 뜬금없는 말에 코치는 더욱 어리둥절했지만, 행운아라는 말을 들으니 역시 기분은 좋았다.

“좋은 방법이 뭔데요? 이제 그만 놀리고 가르쳐 주세요. 네?”

“그건 말이야…… 바로 행운의 노트에 적혀 있어!”

“행운의 노트에요?”

코치는 전혀 뜻밖이라는 듯이 고물토끼를 쳐다보았다.

“그래, 행운의 노트! 마지막 7단계를 보면 그 고민이 한 방에 해결될 거야.”

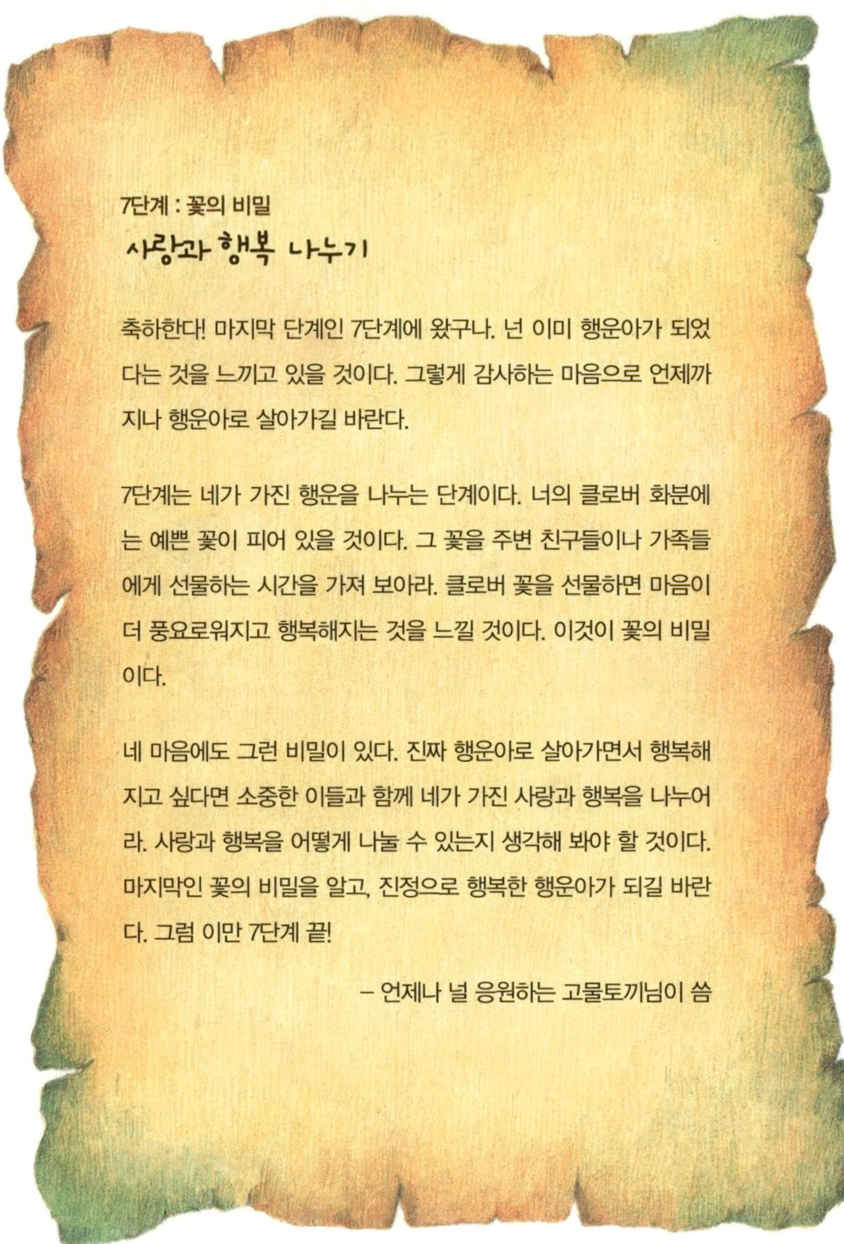

7단계 : 꽃의 비밀

사랑과 행복 나누기

축하한다! 마지막 단계인 7단계에 왔구나. 넌 이미 행운아가 되었다는 것을 느끼고 있을 것이다. 그렇게 감사하는 마음으로 언제까지나 행운아로 살아가길 바란다.

7단계는 네가 가진 행운을 나누는 단계이다. 너의 클로버 화분에는 예쁜 꽃이 피어 있을 것이다. 그 꽃을 주변 친구들이나 가족들에게 선물하는 시간을 가져 보아라. 클로버 꽃을 선물하면 마음이 더 풍요로워지고 행복해지는 것을 느낄 것이다. 이것이 꽃의 비밀이다.

네 마음에도 그런 비밀이 있다. 진짜 행운아로 살아가면서 행복해지고 싶다면 소중한 이들과 함께 네가 가진 사랑과 행복을 나누어라. 사랑과 행복을 어떻게 나눌 수 있는지 생각해 봐야 할 것이다. 마지막인 꽃의 비밀을 알고, 진정으로 행복한 행운아가 되길 바란다. 그럼 이만 7단계 끝!

– 언제나 널 응원하는 고물토끼님이 씀

코치는 가만히 행운의 노트 7단계를 읽어 내려갔다. 그러더니 갑자기 벌떡 일어나 마당으로 뛰어나갔다.

"왜 그래? 또 무슨 일이야? 행운의 노트 읽다가 뛰쳐나가는 게 취미야? 같이 가자고!"

클로버 화분 앞에 선 코치는 정말 놀랍다는 듯 고물토끼에게 말했다.

"우와, 꽃이 피었어요! 내 화분에 클로버 꽃이 피었다고요!"

코치는 한참을 클로버 화분에서 눈을 떼지 못했다.

"너 내가 더 놀라게 해 줄까?"

그러더니 고물토끼는 오랜만에 바지 속으로 얼굴을 들이밀고는 뒤적이기 시작했다. 드디어 무언가를 찾아낸 고물토끼는 코치에게 눈을 감으라고 말했다.

"내가 셋까지 세면 눈을 뜨는 거다! 하나…… 두울…… 세엣!"

코치가 꼭 감고 있던 눈을 번쩍 뜨자, 눈앞에 클로버 꽃으로 만든 화관이 있었다.

"자, 선물이야!"

고물토끼는 무척 뿌듯해하면서 두 손에 든 클로버 화관을 코치에게 내밀었다.

“와아아, 이렇게 많은 꽃을 어디서 구했어요?”

코치는 무척이나 놀란 표정을 지었다.

“아로로에는 네잎클로버도 넘쳐 나고, 클로버 꽃도 무지 많아. 여자 애들한테나 어울리는 거라고 싫어할까 봐 조금 고민했는데, 마음에 들어?”

고물토끼는 빙긋 웃으며 말했다. 코치는 벌써 클로버 화관을 머리 위에 올리고 있었다.

“마음에 들어요! 아주아주 예뻐요! 헤헤! 할배한테도, 엄마랑 아빠랑 포포랑 친구들한테도 자랑하고 싶어요!”

코치는 빙글빙글 돌면서 진심으로 좋아하고 있었다.

“흠, 내 선물을 받고 이렇게 좋아하는 걸 보니 마지막 단계는 생각보다 쉽게 이야기가 될 수도 있겠는걸!”

코치는 그 말뜻을 알 수가 없어 웃고 있으면서도 어리둥절한 표정을 지었다.

“너 또 무슨 말인지 몰라서 그러지? 넌 어떻게 끝까지 그렇게 눈치코치가 없어. 하긴! 눈치코치가 없는 게 나쁜 것만은 아니니까! 큭큭.”

고물토끼의 말에 코치는 약간 약이 올라서 대꾸했다.

“또 놀리는 거예요? 장난은 그만 치고 이제 7단계 이야기나 해 주는 건 어때요?”

코치가 행운의 노트 이야기로 말을 돌리자, 고물토끼는 못 이기는 척 넘어가 주었다.

"그래! 그럼 이제 우리의 마지막 이야기를 시작해 볼까?"

코치는 기대에 가득 차서 고물토끼의 말에 귀를 기울였다.

★ ★ ★ ★

"7단계는 아주 간단해! 바로 네가 가진 것을 나누는 거야!"

이렇게 이야기를 시작한 고물토끼는 코치에게 물었다.

"너 선물을 한 번도 안 해 봤다고 했지?"

코치는 왠지 부끄러워져서 작은 목소리로 대답했다.

"네⋯⋯."

"에이, 뭘 그렇게 주눅 들어서 대답하고 그래. 소심하기는! 괜찮아, 괜찮아! 네가 다 잘하는 녀석이었으면 이 고물토끼님을 만날 일도 없었을 거 아니야?"

고물토끼는 또 한 번 잘난 척을 하면서 큰 소리로 웃어 댔다.

"그래도 선물을 받을 때의 기분은 잘 알겠지?"

고물토끼의 질문에 코치는 머리에 얹어 놓은 화관을 다시 한 번 올

려다보면서 해맑게 대답했다.

"그럼요! 오늘도 선물 받아서 이렇게 좋은걸요! 그리고 어린이날이나 생일에 엄마랑 아빠한테 선물을 받아 본 적이 있어요. 선물이 마음에 안 든다고 투덜대기는 했지만 속으로는 기분이 좋았던 것 같아요."

코치는 예전의 자신의 모습을 돌이켜 생각하니 웃음이 나기도 했다.

"그럼 이것도 알아? 선물을 받는 쪽보다 선물을 하는 쪽이 더 즐겁고 행복하다는 것!"

고물토끼의 뜬금없는 말에 코치는 두 눈이 휘둥그레져서 물었다.

"정말요? 받는 게 더 좋은 거 아니에요?"

"대부분이 그렇게 생각하지. 지금 너는 나한테 화관 선물을 받아서 무척 신 나고 좋을 거야. 하지만 너한테 선물을 준 나보다는 덜할걸?"

"에이, 설마요. 정말이에요?"

"그럼! 네가 좋아하는 모습을 보면서 내 마음은 더 즐겁고 행복하다고. 넌 아마 아직 이 기분을 모를 거야. 누군가에게 선물해 본 적이 없으니까!"

그런데 고물토끼의 이야기를 듣고 있던 코치가 한 가지 질문을 했다.

"아까 7단계는 나눔이라고 하지 않았어요? 선물이랑 나눔이랑 무슨 상관이에요? 선물을 하는 것도 나눔이에요?"

"선물을 하는 건 나눔을 실천해 볼 수 있는 좋은 기회가 되는 거야. 누군가를 위해서 선물을 준비하고, 그 선물을 주었을 때의 느낌으로 나눔의 기쁨을 배울 수 있는 거지!"

그러면서 고물토끼는 나눔에 대한 비밀을 이야기해 주었다.

"나눔이라는 녀석은 굉장히 특별해서 나누면 나눌수록 더 풍성해지는 힘을 갖고 있거든! 그래서 선물을 하는 쪽, 즉! 나눔을 실천하는 쪽이 더 즐겁고 행복해진다고."

코치는 여전히 알쏭달쏭한 표정이었다.

"나눔이 가진 힘은 이것뿐이 아니야. 크고 작은 것들을 나누다 보면 너한테 다시 돌아오는 것도 많아질 거야. 그리고 나눔은 건강에도 도움이 돼! 의학적으로도 나눔은 오래 살 수 있는 비결이라고 밝혀졌을 정도니까."

고물토끼의 이야기를 듣고 있던 코치는 무척이나 놀랍다는 듯 말했다.

"와, 정말이에요? 신기하네요."

"도대체 오늘 정말이냐고 몇 번을 묻는 거냐? 설마 내가 거짓말을 하겠어?"

고물토끼는 장난스럽게 말하면서도 놀라워하는 코치를 보며 무척 즐거워했다.

"나누면 나눌수록 돌아오는 게 더 커질 거야! 그걸 기억하고 행운 다이어리를 잘 쓰도록 해! 팡한테 선물할 계획도 세워 보고 말이야!"

코치는 아직은 잘 모르겠다는 듯 머리를 긁적이면서 행운 다이어리를 펼쳐 보았다.

일곱 번째 행운 다이어리 쓰는 방법

나눔 계획표를 세워 보자!

네가 가진 소중한 것을

소중한 이들과 나누어라.

행운의 마지막 단계는 나눔이다.

사랑과 행복을 바라는

진심 어린 마음을 담아서 나눔을 실천할 때

더욱 풍성해지고 행복해지는 것을

느낄 수 있을 것이다.

코치는 해가 어스름하게 지는 저녁 무렵까지 행운 다이어리를 앞에 놓고 골똘히 생각했다.

"흠…… 어떻게 하면 좋지? 뭘 나눌 수 있을까? 팡한테는 뭘 선물하지? 아…… 너무 어렵다."

코치는 한참 동안 생각하고 또 고민했다. 마지막 행운 다이어리를 쓰는 것은 좀처럼 쉽지 않았다. 코치를 지켜보던 고물토끼가 물었다.

"또 뭐가 그렇게 고민인 거야? 이 고물토끼님한테 솔직하게 얘기해 봐!"

"무슨 선물을 하면 좋을지, 무엇을 나누어야 할지 모르겠어요. 나눔은 나중에 생각한다고 해도, 선물은…… 지금 뭘 사러 갈 수도 없고 말이에요."

"선물은 말이야! 네가 가진 소중한 것을 나누면 되는 거야. 꼭 비싸고 좋은 걸 사줘야 좋은 선물이 아니라는 거지."

하지만 코치는 아직 잘 모르겠다는 듯 고개를 갸웃거렸다.

"뭘 그렇게 고민해! 너한테 아주 소중한 게 바로 옆에 있잖아?"

고물토끼의 말에 코치는 고개를 돌려 옆을 보았다. 코치의 눈에 클로버 화분이 보였다.

“이거요? 설마…… 클로버 꽃을 선물하라는 거예요?”

“오! 이제 척하면 척인데?”

고물토끼는 무척이나 만족스럽다는 듯 웃으며 말했다.

“친구나 가족들한테 그 꽃을 선물해 보는 거야. 생일을 맞은 팡한테도 좋은 선물이 되지 않겠어?”

“하지만…… 제가 가진 클로버 꽃은 몇 송이 안 되잖아요. 고물토끼 님처럼 멋지게 화관을 만들어 줄 수도 없는데 어쩌죠?”

“꼭 내가 준 클로버 화관처럼 근사한 걸 만들어 줘야 하는 건 아니야. 하지만 부탁을 한다면 아로로에서 클로버 꽃을 좀 가져다줄 수는 있지!”

고물토끼의 말에 코치는 힌트를 얻은 것 같았다.

“그럼…… 팡한테는…… 우선 클로버 꽃으로 만든 화관을 줄래요. 아로로의 클로버 꽃에 제 꽃을 더해서요, 헤헤. 화관을 선물로 받으니까 엄청 좋았거든요. 그리고 생일 카드를 써 주면 어떨까요?”

활짝 웃으며 말하는 코치에게 고물토끼가 물었다.

“어떻게 카드 써 줄 생각을 다 했어?”

“다른 친구들이 생일이나 크리스마스가 되면 서로 카드를 써서 주고받는 걸 본 적이 있어요. 카드 같은 건 써서 뭐하냐고 투덜대기는 했지만, 사실 부럽기도 했었거든요. 어때요? 괜찮은 것 같아요?”

머리를 긁적이며 말하는 코치에게 고물토끼는 큰 용기를 주었다.

"그래! 좋은 생각이야. 팡도 분명히 좋아할 거야!"

하지만 코치는 아직 무언가 만족스럽지 않은 표정이었다.

"그래도 뭘 하나 더 주고 싶은데…… 좋은 게 없을까요?"

"엄마한테 부탁해 보는 건 어때? 저번에 보니까 엄마가 만들어 주신 도넛이 아주 맛있던데. 빵 같은 걸 만들어 달라고 말씀드려 봐!"

고물토끼의 말에 코치는 눈이 번쩍 뜨이는 것 같았다.

"맞아요! 우리 엄마 케이크도 무지 잘 만들어요. 특별히 네잎클로버 모양으로 만들어 달라고 해야지! 잠깐만요!"

코치는 그 길로 쪼르르 엄마에게 달려가 부탁했다. 엄마는 코치가 처음으로 가는 친구의 생일 파티를 위해 기꺼이 케이크를 만들어 주겠다고 약속했다. 이제 팡에게 줄 선물은 해결된 셈이었다.

★ ★ ★ ★

클로버 꽃으로 화관을 완성한 코치는 선물 준비를 모두 마쳐서인지 한결 밝아진 표정이었다. 그런 코치에게 고물토끼가 배시시 웃으며 말했다.

“이제 그만할까? 행운 다이어리는 내일 써도 되잖아. 나랑 놀자, 응?”

하지만 코치는 그만둘 생각이 없는 것 같았다.

“안 돼요. 오늘 행운 다이어리를 써야 빨리 나눔도 실천하죠. 조금만 더 하고 놀아요. 아직 그렇게 늦은 시간도 아니라고요.”

그리고 코치는 끄적끄적 행운 다이어리를 써 나가기 시작했다. 잠시 후, 게임을 하던 고물토끼가 코치를 쳐다보았다. 코치는 다이어리를 쓰지 않고 가만히 앉아 있었다.

“왜 빨리 안 쓰고 그러고 있어?”

고물토끼가 묻자, 코치는 다시 시무룩해져서 말했다.

“그게…… 이제 남은 클로버 꽃은 다섯 송이뿐이잖아요. 친구들한테도 주고 싶고, 가족들한테도 주고 싶고……, 그리고……”

코치가 말끝을 흐리자 고물토끼는 귀를 쫑긋 세우며 물었다.

“그리고 뭐? 또 누구한테 꽃을 주고 싶은데?”

그러자 코치는 어쩔 수 없다는 듯 말했다.

“할배나무랑…… 그리고……”

코치의 말을 듣고 있던 고물토끼는 웃음을 터뜨리며 말했다.

“너 설마! 나한테도 주고 싶어서 그러는 거야? 귀여운 녀석! 그래서 그렇게 고민하고 있었어? 하하하!”

고물토끼는 무엇이 그렇게도 재미있는지 배꼽을 잡고 웃어 댔다. 코치는 그런 고물토끼가 너무나 얄미웠다.

"그만 웃어요! 쳇, 내 마음도 모르면서……."

코치가 노려보며 말하자, 고물토끼는 겨우 웃음을 참으며 말했다.

"알겠어. 안 웃을게. 그런데 그렇게 심각할 건 없어. 내 눈에는 아주 행복한 고민을 하는 걸로밖에 안 보이는데?"

고물토끼는 코치가 행운 다이어리를 끝까지 잘 쓸 수 있도록 도와주기로 했다.

"클로버 꽃은 주고 싶은 순서대로 주면 되잖아. 그리고 클로버 꽃을 주지 못하면 다른 걸 또 나누어도 되고 말이야."

"음…… 사실 클로버 꽃은 친구들이랑 동생한테 주고 싶어요. 내가 소중하게 키운 꽃을 주면서 앞으로 더 친하게 지내자는 뜻으로 말이에요. 그럼 어른들께는 감사한 마음으로 뭘 드릴 수 있을까요?"

"무엇을 나누어야 하는지 너무 어려워할 건 없어. 네가 가진 그 어떤 것이든 나눌 수 있는 것이라면 가능하다고! 진심 어린 말도 좋고, 소중한 것도 좋고! 맞다! 코치 너 할배 등을 매일 긁어 드리고 있잖아? 그것도 좋은 나눔이지!"

고물토끼의 말에 코치는 고개를 끄덕였다. 그리고 고물토끼는 나눔 계획표를 세울 수 있는 좋은 힌트도 주었다.

"네가 잘 알지는 모르겠는데, 다른 나라에는 아주 힘들고 어렵게 지내는 친구들이 많아. 제대로 먹지 못할 정도로 가난한 나라의 친구들도 있고, 무시무시한 전쟁이나 지진 같은 것 때문에 어렵게 지내는 친구들도 있어. 그런 친구들에게 나눔을 실천할 수 있는 방법도 생각해 봐!"

"학교에서 선생님께 비슷한 이야기를 들은 적이 있어요! 아빠가 뉴스를 보실 때 같이 본 적도 있고요. 그런데 제가 어떻게 나눔을 실천할 수 있을까요?"

코치가 어려워 하자, 고물토끼는 좋은 방법을 이야기해 주었다.

"처음부터 큰 것을 나눌 수는 없겠지? 작은 것부터 시작하는 거야. 그 친구들을 위해서 용돈을 조금씩 모아 보는 건 어때? 저금통에 동전을 모아서 기부 단체 같은 곳에 보내면 큰 도움이 될 거야."

"와, 그 정도라면 저도 할 수 있을 것 같아요!"

코치는 그제서야 밝아진 얼굴로 나눔 계획표의 빈 칸을 채워 나가기 시작했다. 고물토끼와 나눈 이야기들 덕분에 어렵지 않게 써 내려갈 수 있었다. 그리고 머릿속에 나눔을 실천할 여러 친구들과 가족들의 얼굴을 떠올리니 어느새 입가에 미소가 지어졌다.

나눔 계획표 세우기!

언제	누구에게	무엇을	왜
내일! 팡의 생일날	팡에게	클로버 화관, 생일 축하 카드, 엄마표 케이크	진심으로 생일을 축하하니까!
내일	친구들 티티, 노노, 랑코와 동생에게	클로버 꽃 한송이	앞으로 더 친하게 지내자는 뜻!
매일	할배나무게	등을 긁어 드리기	내가 해 드릴 수 있는 것으로 감사의 마음 표현하기!
일주일 후	고물토끼님께	좋은 아로로 입구 찾아서 선물하기	고마움의 인사로!
매일	엄마 아빠게	사랑한다고 말하고 어깨를 주물러 드리기	사랑하고 감사한 마음 표현하기!
1년 후	어려운 나라의 친구들에게	저금통에 동전을 모아서 주기	힘을 내서 건강하게 잘 지내라고!

드디어 다음날 아침이 밝았다. 오늘은 코치가 기다리고 기다리던 팡의 생일 파티가 있는 날이었다. 코치는 학교가 끝나자마자 집으로 와서 선물과 함께 엄마가 만들어 준 맛있는 케이크를 챙겼다. 그리고 신나게 팡의 집으로 향했다.

"팡아, 안녕!"

코치는 배시시 웃으면서 팡이네 집으로 들어섰다. 팡이네 집에는 벌써 친구들이 모두 모여 있었다.

"코-치-야-, 어-서-와-, 헤-헤-헤."

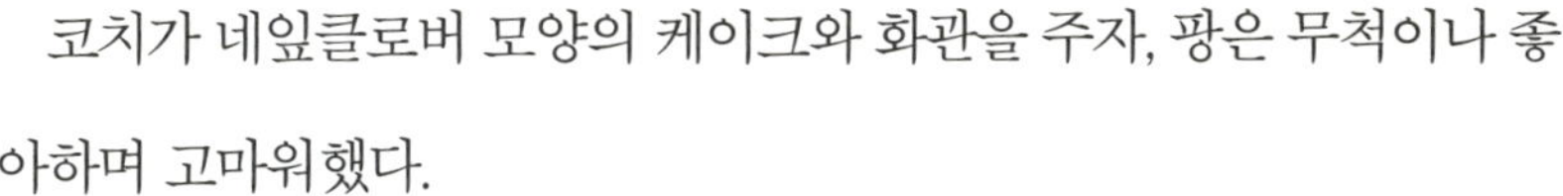

팡과 친구들 모두 코치를 반갑게 맞아 주었다.

"팡아, 생일 축하해! 이건 내 선물이야."

코치가 네잎클로버 모양의 케이크와 화관을 주자, 팡은 무척이나 좋아하며 고마워했다.

"고-마-워-, 코-치-야-."

팡은 아주 느린 말투였지만 고마움의 인사를 빼놓지 않았다. 그리고 코치는 친구들에게도 클로버 꽃을 한 송이씩 선물했다.

"와, 클로버 꽃이네? 너무 예쁘다. 고마워, 코치야!"

가장 기뻐하는 건 역시 꽃을 좋아하는 티티였다. 랑코와 노노도

무척 좋아하면서 코치에게 고맙다고 인사했다. 코치와 친구들은 시간이 가는 것도 모를 정도로 재미있게 놀며 팡의 생일 파티를 보냈다.

코치는 다음날 오후, 할배언덕에 올라 팡의 생일 파티에 대해 이야기했다. 할배나무도 코치가 팡에게 어떤 선물을 했는지 무척이나 궁금해하고 있었다.

"우리 코치가 아주 재미있게 놀다 왔구나. 선물을 받은 친구들도 무척 좋았겠는걸!"

코치가 생일 파티 이야기를 마칠 무렵, 고물토끼가 기다렸다는 듯 코치에게 물었다.

"코치! 그래서 어제 선물을 해 본 소감은 어땠어? 그것도 이야기해 줘야지. 느낀 점이 있을 텐데!"

"고물토끼님의 말이 다 맞았어요. 제가 선물을 받았을 때보다 선물을 할 때 훨씬 더 기분이 좋던데요?"

코치는 그 어느 때보다 해맑게 웃고 있었다. 그리고 또 한 가지 이야기로 고물토끼를 놀라게 했다.

"그리고요! 어제랑 오늘이랑 나눔을 몇 가지 더 실천했어요. 포포한테도 클로버 꽃 한 송이를 줬고요, 특별한 건 아니지만 제가 아끼는 장난감 중에 포포가 갖고 싶어 하던 것도 하나 줬어요. 그리고 엄마랑 아빠한테 처음으로 사랑한다는 말도 해 봤고요.”

“포포랑 엄마, 아빠가 좋아했겠네? 그래서 느낀 점은 뭐였는데?”

그러자 코치는 활짝 웃으며 말했다.

“뭣보다 포포가 엄청 좋아했어요. 물론 엄마아빠도 좋아하셨고요! 저한테 사랑한다고 이야기도 해 주셨어요. 뭔가 뿌듯하기도 하고 즐겁기도 하고, 웃음이 나기도 하고! 암튼 무지 행복했어요.”

★　★　★　★

할배나무는 나눔 계획표를 잘 세우고 실천하고 있는 코치를 칭찬해 주었다.

“코치야, 아주 멋지구나! 이제는 정말 어엿한 행운아의 모습이 된 것 같은걸? 허허!”

고물토끼도 코치에게 칭찬을 아끼지 않았다.

“음, 잘하고 있는 것 같아서 기특해. 상으로 나눔에 대한 좋은 이야기를 몇 개 더 해 줄게.”

그러면서 고물토끼는 남아 있는 나눔 이야기를 마저 해 주었다.

“네가 느낀 게 바로 나눔의 즐거움이라는 거야. 자기가 가진 것을 나누었을 때 즐겁고, 진짜 행복을 느끼는 거지."

고물토끼의 말에 코치는 고개를 끄덕이고 있었다.

"넌 어떤 게 성공이라고 생각해? 내가 많은 녀석들을 만나 봤지만, 모두들 인생에서 성공하고 싶어서 행운아가 되길 원하는데 진짜 성공이 뭔지 아는 녀석은 없었거든."

"글쎄요……. 성공을 했다고 하면 대부분 돈이 많거나…… 그런 거라고 생각했는데 지금은 왠지 아닐 것 같아요. 진짜 성공은 뭔데요?"

코치가 되묻자 고물토끼는 묵묵히 있던 할배나무에게 말했다.

"할배, 요 녀석 봐요. 어느새 눈치가 조금 빨라진 것 같지 않아요?"

이 말에 고물토끼와 할배나무, 코치까지 모두 소리를 내어 웃었다.

"맞아. 대부분은 성공이라고 하면 돈을 많이 벌거나, 아주 유명해지거나, 막강한 힘을 갖는 걸 생각해. 그런 걸 돈과 명예와 권력이라고 하지. 하지만 진짜 성공은 절대 그게 아니라는 걸 기억해야 해."

여기까지는 코치도 어느 정도 알고 있는 이야기였다. 하지만 고물토끼는 코치가 전혀 생각지 못한 아주 멋진 말을 해 주었다.

"내가 행복하고, 나로 인해 내 주변의 친구들과 가족 그리고 또 다른 이들까지 모두 행복하게 하는 삶이 진짜 성공인 거야. 알겠지?"

코치는 어느새 행운 다이어리를 꺼내 받아 적고 있었다.

"아…… 이제야 왜 마지막 7단계가 나눔인지 알 것 같아요. 나도 행복하고 친구들과 가족들도 모두 행복하고! 그게 진짜 성공이니까 그런 거죠?"

"맞아. 그게 바로 더불어 사는 진정한 행운아의 모습이지! 그렇게 나누면서 살면 더 많은 행운들이 너한테 다가올 거야."

코치는 앞으로 더 좋은 일들이 생길 거라고 생각하니 입가에 미소가 떠나질 않았다. 이제는 진짜 행운아가 된 것 같은 느낌이었다.

"아, 너 소문난 부자 빌게이츠 알지? 그 녀석에게 이 사실을 가르쳐 줬더니 어려운 사람을 돕는 일에 빠져들더라고. 돈 버는 일에만 관심이 있던 녀석이 말이야."

고물토끼가 웃으며 이야기하자 코치는 이렇게 물었다.

"어? 7단계의 유명한 인물 이야기는 빌게이츠예요?"

"아니야. 진짜 나눔에 있어서 유명한 인물은 카네기 녀석이야!"

고물토끼는 카네기에 대한 이야기를 시작했다.

"카네기는 철강업으로 엄청난 부자가 된 녀석이었는데, 내가 나눔의 비밀 법칙을 가르쳐 줬더니 자기가 가진 재산의 90%를 사회에 기부했어. 얼마나 부자였는지 도서관만 2천500여 개를 세웠다니까? 그 녀석을 보고 많은 부자 녀석들이 줄줄이 기부를 하겠다고 나서기도 했으니 얼마나 대단했는지 알겠지?”

고물토끼는 다시 한 번 지난 일들을 떠올리며 즐거워하고 있었고, 그리고 고물토끼는 마지막으로 자신의 이야기도 해 주었다.

“너 그거 몰랐지? 내가 사람들에게 행운의 비밀 법칙을 가르쳐 주는 것도 이 7단계를 실천하기 위해서라는 거!”

그러고 보니 고물토끼는 자기가 알고 있는 행운의 비밀 법칙을 계속해서 전해 주면서 나눔을 실천하고 있었다.

“와, 고물토끼님 진짜 멋져요. 지금까지 본 모습 중에서 오늘이 가장 멋진 것 같아요!”

코치는 고물토끼에게 진심으로 감동한 것 같았다.

“난 항상 행운을 간절히 바라는 친구가 나타나기를 기다려. 너처럼 말이야! 난 행운의 비밀 법칙을 가르쳐 줄 때 가장 행복하거든. 어때 진짜, 진짜 멋지지? 큭큭!”

고물토끼는 또 자기 자랑을 하면서 멜빵바지 어깨끈을 통통 튕기고 있었다. 하지만 오늘만큼은 그런 고물토끼의 모습이 얄미워 보이지 않았다. 고물토끼의 진심을 알았기 때문이었다. 그렇게 한참 동안 할배 언덕에서 이야기를 나누다 보니 어느새 집으로 돌아갈 시간이 되었다. 코치와 고물토끼가 집으로 돌아가려고 자리에서 일어서는데 할배나무가 코치에게 말했다.

"코치야, 내일은 고물토끼랑 함께 꼭 이 할배에게 오려무나. 그리고 고물토끼의 첫 아로로 입구 알지? 양철 주전자도 꼭 가지고 오너라. 알겠지?"

그런데 코치는 아무런 대답을 하지 않았다. 눈에 그렁그렁 눈물이 맺혀 있을 뿐이었다. 아무리 눈치코치 없는 코치라지만, 이제 고물토끼와 헤어져야 할 시간이 다가왔다는 것을 코치는 알 수 있었다.

"에이, 분위기 왜 이래! 오늘이 아니라 내일이라니까! 오늘 나랑 재밌게 놀면 되잖아?"

고물토끼의 말에 코치는 어쩔 수 없이 할배나무에게 인사하고 집으로 향했다. 매일같이 내려오던 할배언덕이었지만, 오늘만큼은 마음이 무겁고 왈칵 눈물이 날 것 같았다. 그런 코치의 마음을 아는지 고물토끼가 코치의 손을 꼭 잡아 주었다.

나눔 계획표 세우기!

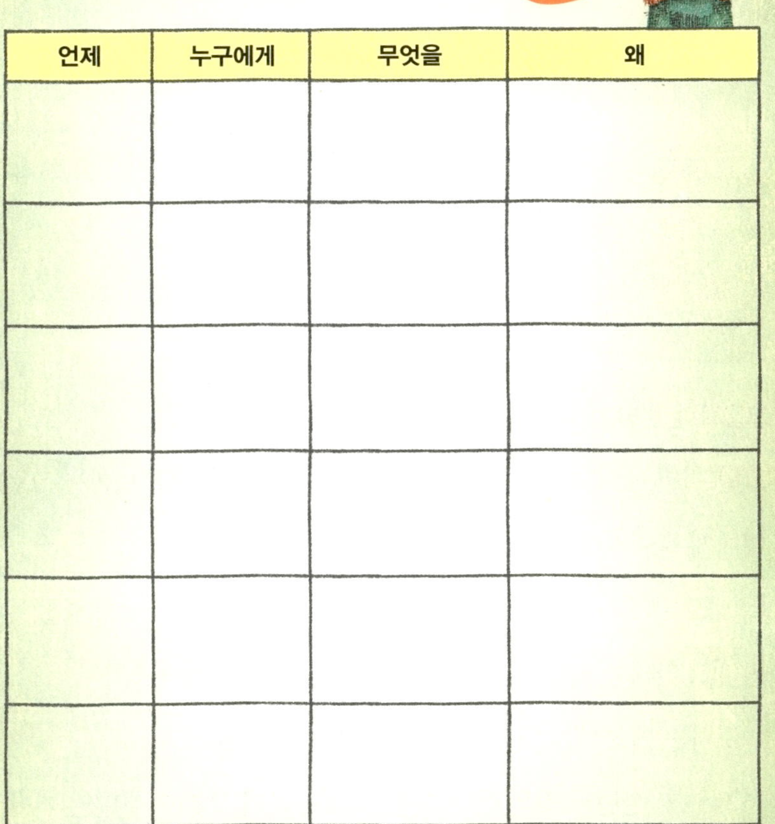

언제	누구에게	무엇을	왜

09

헤어짐, 그리고 약속

고물토끼, 안녕

그날 저녁, 집에 도착한 코치는 아무 말이 없었다. 고물토끼는 그런 코치에게 슬며시 말을 걸었다.

"너도 알겠지만, 이제 모든 행운의 비밀 법칙은 다 가르쳐 주었어. 그렇다고 완벽한 행운아가 된 게 아니라는 건 너도 알지?"

코치는 여전히 말없이 고개만 끄덕이고 있었다.

"앞으로 살면서 좋은 일만 있을 거라고 하면 그건 거짓말일 거야. 그럴 때마다 내가 옆에 있어 줄 수도 없어. 그럼 어떻게 해야 하겠어? 또 예전처럼 투덜대면서 행운아가 아닌 모습으로 돌아갈 거야?"

고물토끼의 질문에 코치는 고개를 들어 고물토끼를 바라보았다.

"아니요. 하지만…… 정말 그럼 어떻게 해요?"

"행운의 비밀 법칙을 항상 기억하면서, 어느 단계에서 무엇이 잘못되었는지를 살펴보고 다시 한 단계씩 실천해 보도록 해."

코치는 고물토끼의 말을 하나도 놓치지 않으려고 귀를 기울였다.

"만약 그렇게 하지 않으면 예전처럼 돌아가는 건 시간문제일 거야. 하지만 항상 행운의 비밀 법칙 안에서 자신을 되돌아보고 삶을 점검하면 언제나 행복한 행운아로 살아갈 수 있어. 알겠지?"

고물토끼의 말에 코치는 다시 한 번 고개를 끄덕였다. 코치는 고물토끼와 헤어질 생각에 많은 말을 할 수가 없었다. 이야기를 하다 보면 왈칵 눈물이 쏟아질 것 같아서였다. 매일매일 장난치고 놀려 대는 고물토끼였지만, 코치도 모르는 새에 정이 많이 들었던 것이다. 그런 코치의 마음을 아는지 고물토끼는 코치의 머리를 쓰다듬어 주면서 그동안 해 주지 않았던 이야기들을 해 주었다.

"너, 내가 처음에 네 이름이 멋지다고 했던 거 기억나?"

"네……당연하죠. 제 이름에 대해서 처음으로 들었던 칭찬인걸요."

고물토끼는 코치라는 이름에는 아주 특별한 뜻이 있다고 했다.

"넌 나한테 눈치코치 없는 코치라고 널 소개했지? 이제부터는 누군가한테 널 소개할 때 행운아 코치라고 하도록 해. 아직 눈치코치가 없긴 하지만, 한편으론 많이 좋아지기도 했으니까 말이야, 큭큭."

웃으며 말하는 고물토끼에게 코치는 처음으로 고맙다는 인사를 했다.

"이게 다 고물토끼님 덕분이에요. 고마워요, 진짜…… 진짜……."

"아니야. 잘 따라와 줘서 오히려 내가 고마워. 네 덕분에 즐겁게 잘 지냈기도 했고 말이야. 넌 정말 재밌는 녀석이었어."

그리고 고물토끼는 마지막으로 중요한 한 가지가 남았다고 했다.

"네 이름이 왜 멋있냐면 말이야. 영어에서 코치(Coach)는 '지도하다'라는 뜻이 있어. 운동선수들한테는 항상 선수를 지도해 주는 코치가 있잖아. 너도 이제부터는 행운의 비밀 법칙으로 행운아를 지도하는 멋진 지도자가 될 거야. 행운 코치! 어때? 멋지지?"

고물토끼의 말에 코치는 활짝 웃었다.

"눈치코치 없는 코치에서 행운 코치가 되는 거네요. 멋있어요!"

그렇게 코치와 고물토끼는 그날 밤, 게임도 하지 않고 장난도 치지 않고 소중한 시간을 함께 보냈다. 그 어느 때보다 진지한 대화가 이어졌다. 마지막이라고 생각하니 할 이야기가 너무 많았다.

★　★　★　★

다음 날, 코치는 학교에 가서도 밝게 웃지 않았다. 하루 종일 시무룩한 모습이었다. 그런 코치의 모습에 친구들도 걱정했다.

"코치야, 무슨 일 있어?"

"표정이 안 좋은 것 같아. 아픈 건 아니지?"

코치는 괜찮다면서 애써 웃음을 지어 보였다. 그리고 학교 수업이 모두 끝난 뒤, 집으로 가서 고물토끼와 함께 할배언덕에 갈 준비를 했다. 고물토끼는 마지막으로 돌아갈 때는 다시 낡은 양철 주전자로 들어가야 한다고 했다. 오랫동안 지내기에는 그곳이 가장 편하고 좋다고 했다.

"좋은 아로로 입구를 선물해 주려고 했는데……."

코치는 마지막으로 함께 썼던 행운 다이어리를 펼쳐 보여 주었다. 코치의 나눔 계획표에는 고물토끼를 위한 나눔 계획도 쓰여 있었다.

"어, 정말이네. 그런데 일주일 후면 너무 늦어……. 하지만 괜찮아! 소중한 마음은 받았으니까. 고마워, 코치! 감동이야, 감동!"

고물토끼는 서운해하는 코치에게 진심으로 고맙다며 위로해 주었다. 그러고 보니 고물토끼를 위해 챙겨야 하는 것은 오직 양철 주전자뿐이었다. 코치는 낡은 양철 주전자를 깨끗하게 닦아 주었다. 그리고 그 어느 때보다 힘겹게 할배언덕에 올랐다. 한 손에는 고물토끼를 처음 만났던 날처럼 양철 주전자가 달랑달랑 들려 있었다.

"우리 코치 왔구나. 어서 오렴. 고물토끼 자네도!"

할배나무가 코치를 반겨 주었지만 코치의 눈에는 벌써 눈물이 그렁그렁 맺혀 있었다. 곧 울음을 터뜨릴 것 같은 코치는 마지막으로 고물토끼에게 꼭 할 말이 있다고 했다.

"고물토끼님, 저는 앞으로도 계속 행운아로 행복하게 살게요. 그러니까 나중에라도 또 다른 아이에게 행운의 비밀 법칙을 설명해 주게 되면 그때 제 이야기도 해 주세요. 유명한 인물들 이야기를 해 줬던 것처럼 말이에요."

"그럼 넌 어떤 훌륭한 일을 해서 유명한 인물이 될 건데?"

그 질문에 코치는 조심스럽게 대답했다.

"어제 고물토끼님이 이야기해 준 것처럼…… 행운아들의 지도자가 될 거예요. 행운 코치 말이에요!"

그러자 고물토끼는 그런 코치를 기특하게 바라보며 말했다.

"그래, 알겠어. 그래도 너처럼 힘든 녀석들은 내가 직접 나타나서 만날 거니까 너무 많이 가르쳐 주면 안 된다! 큭큭! 그리고 진짜 행운 코치가 되고 싶으면 나중에 할배한테 이런저런 걸 물어 봐. 할배가 좋은 이야기를 많이 해 주실 거야. 그렇죠, 할배?"

고물토끼의 말에 할배나무는 미소를 지으며 고개를 끄덕였다. 이제 정말로 코치와 고물토끼가 헤어질 시간이었다.

"자, 그럼 씩씩하게 잘 지내. 내가 항상 응원하고 있다는 거 잊지 말고!"

코치는 고물토끼의 말에 그만 주르륵 눈물을 흘리고 말았다. 하지만 크게 고개를 끄덕이며 쓱쓱 눈물을 닦아 냈다. 마지막까지 의젓한 모습을 보여 주고 싶은 마음 때문이었다. 고물토끼는 할배나무에게도 인사를 건넸다.

"할배, 이 녀석처럼 행운아가 되고 싶은 친구가 또 있으면 언제든지 날 소개시켜 줘야 해요! 건강하게 잘 지내시고요. 그럼 우리 또 만나요!"

인사를 모두 마친 고물토끼는 마지막으로 코치의 손에 접은 쪽지 하나를 쥐어 주었다. 그러고는 눈 깜짝 할 사이에 휘리릭! 낡은 양철 주전자 안으로 들어가 버렸다. 고물토끼가 사라지고 나자 코치는 무척이나 서운한 듯 훌쩍이며 울었다. 그런 코치에게 할배나무가 말했다.

"코치야, 많이 섭섭하지? 그동안 고물토끼와 잘 지내 줘서 고맙구나. 이제 그만 고물토끼의 주전자를 원래 있던 자리에 놓아 주겠니?"

코치는 고개를 끄덕이며 양철 주전자를 할배나무 구멍 깊숙한 곳에 넣어 주었다. 코치가 처음 만났던 그때의 모습 그대로 말이다. 코치가 할배나무 기둥에 등을 대고 앉자, 언제나처럼 살랑살랑 불어오는 바람 이 느껴졌다. 고물토끼를 만나기 전과 모든 것이 똑같았다. 할배언덕

꼭대기의 할배나무가 있는 자리도, 살랑살랑 불어오는 바람도 예전 그대로였다. 달라진 것은 오직 한 가지뿐이었다.

그것은 바로 행복한 행운아가 된 코치 자신이었다.

"잘했다, 코치야. 자, 그럼 이제 그 쪽지를 열어 보는 건 어떠니?"

코치는 그제야 고물토끼가 마지막으로 손에 쥐어 준 쪽지가 생각났다. 코치는 꼬깃꼬깃 접힌 쪽지를 펼쳐서 읽었다. 코치의 얼굴에 한가득 웃음꽃이 피었다.

"하하하, 역시 못 말리는 고물토끼님이라니까!"

고물토끼의 마지막 편지
행운아가 된 것을 진심으로 축하한다.
행운의 일곱 가지 비밀 법칙을 잊지 말고 행복한 행운아로 살아가기를 바란다.
진정한 행운의 고수가 되고 싶다면 행운의 노트를 일곱 번 반복해서 읽어라.
그리고 다른 친구들에게도 행운의 비밀 법칙을 가르쳐 주어라.
마지막으로 한 가지 더! 앞으로 언제 어디서든지 찌그러지고
낡은 양철 주전자를 보게 된다면 발로 차 버리지 말고
깨끗이 잘 닦아 주기를 바란다. 혹시 그 안에 내가 있을지도 모르니까!
　　　　　　　　　　　－ 헤어지는 것도 멋있는 고물토끼님이 씀 －

고물토끼와의 약속 지키기

고물토끼와 헤어진 후로 코치는 한동안 무척이나 허전해했다. 낡은 양
철 주전자부터 갖가지 아로로 입구들을 들고 다니는 것이 때로는 귀
찮기도 했었는데 그런 것들까지도 그립게 느껴졌다. 코치는 고물토끼
가 보고 싶을 때마다 네잎클로버 책갈피를 꺼내 보곤 했다. 고물토끼
가 떠나고 난 후의 빈자리는 코치의 가족들과 친구들이 채워 주었다.
그래서 코치는 고물토끼와 함께 지낼 때보다 행운아가 되었다는 느낌
을 더 많이 받을 수 있었다.

"정말 감사한 일이네!"

"와, 진짜 잘된 것 같아. 난 역시 행운아야!"

코치는 행운주문을 입버릇처럼 말하고 다녔다. 불만스러운 일이 생
겨도 예전처럼 투덜거리거나 뾰족 가시를 곤두세우는 일이 없었다. 무
슨 일이든지 잘될 거라고 믿으며 즐겁게 지냈다. 코치의 얼굴에는 날
마다 웃음꽃이 피었다. 자연스레 친구들과도 잘 어울리게 되었다.

"코치야! 우리 오늘 숙제 같이 할래?"

"코-치-야, 우-리- 축-구- 할-까? 헤-헤-헤."

친구들은 언제나 코치와 함께이기를 바랐다. 예전처럼 투덜거리
며 세우곤 했던 뾰족 가시 때문에 코치가 싫다고 거절하는 친구들은

하나도 없었다. 또 재미있게 공부하는 방법을 알게 된 코치는 학교 성적도 많이 좋아졌다.

"엄마, 엄마! 저 이번 시험에서 93점 받았어요!"

즐거운 노력 계획표와 여가 계획표를 꾸준히 지키면서 지낸 결과, 이번 시험에서는 90점이 넘는 좋은 성적을 받기도 했다. 예전처럼 공부하기를 싫어하거나, 힘들어하면서 투덜거리거나, 혹은 무리하게 욕심을 부려서 병이 나는 일도 없었다. 친구들 사이에서도, 선생님들에게도, 성격 좋은 모범생 코치로 소문이 자자했다. 동생 포포와도 싸우지 않고 무척이나 잘 지냈다. 어린 포포가 이제는 곧잘 말을 하게 되었는데 가장 많이 하는 말은 바로 이것이었다.

"오빠! 오빠! 포포랑 놀아!"

포포는 코치가 재미있게 놀아 주자, 코치 오빠를 잘 따르고 좋아했다. 포포가 조금 말썽을 부려도 예전처럼 싸우거나 포포를 울리지 않았다. 코치는 어린 동생 포포를 이해하면서 잘 데리고 놀아 주었다. 그럴 때마다 코치의 엄마 아빠는 코치를 대견하게 생각했다.

"여보, 우리 코치가 이번에 93점을 받았대요. 호호, 정말 기특하죠?"

"그러게. 요즘은 포포랑도 사이좋게 잘 지내니 얼마나 좋으냐, 허허! 내일은 회사에 가서 우리 코치 자랑을 해야겠어! 잘했다, 코치야!"

이제는 엄마가 잔소리를 하는 일도, 아빠가 코치를 못마땅하게 여기는 일도 없었다. 코치네 집에서는 부쩍 가족끼리 이야기를 나누는 시간이 많아졌다. 코치 주변에 이렇게 좋은 일들만 생기다 보니, 코치가 할배나무에게 하는 이야기들도 모두 좋은 것들뿐이었다. 예전처럼 하루의 일에 대해 불평불만을 하거나 속이 상해서 우는 일은 없었다. 여전히 자주 할배나무를 찾아왔고, 코치의 이야기는 즐겁고 재미있는 일상으로 가득했다.

"허허! 그것 참 잘된 일이구나! 허허!"

코치는 날마다 행복해서 점점 더 행운아가 되어 가는 것 같았다.

★ ★ ★ ★

"할배! 할배! 저 왔어요!"

코치는 오늘도 어김없이 할배나무를 부르면서 할배언덕을 올라왔다. 그런데 다른 날보다 조금 더 신이 난 목소리였다.

"코치야, 어서 오너라. 무슨 좋은 일이 있니?"

코치는 헐레벌떡 할배나무 코앞까지 달려왔다.

"헥헥! 아, 숨차. 할배, 오늘 무슨 일이 있었는지 아세요?"

코치는 가쁜 숨을 진정시키며 오늘 있었던 일을 이야기하기 시작했다.

"오늘 학교에서 친구들이랑 이야기를 하다가요. 제가 어떻게 공부를 잘하게 되었는지, 어떻게 투덜거리지 않고 매일매일 즐겁게 지내는지를 노노가 물어보더라고요. 그래서 행운의 비밀 법칙 이야기를 조금 해 주었거든요! 그랬는데 친구들이 너도나도 신기하다고 하면서 너무너무 재미있게 제 이야기를 듣는 거예요. 그래서 고물토끼님한테 배운 것들을 조금 흉내 내면서 가르쳐 줬는데 친구들이 더 듣고 싶다고 난리였어요! 근데 중요한 건요. 이야기를 해 주면서 저도 너무 재밌었다는 거죠, 헤헤!"

그러면서 코치는 앞으로 진짜 하고 싶은 일이 뭔지 확실히 알았다고 했다.

"할배도 기억하죠? 예전에 고물토끼님이랑 1단계를 하면서, 제가 행복한 학교를 만들고 싶다고 했던 거 말이에요. 행운의 비밀 법칙을 가르쳐 주는 행복한 학교를 세우면 어떨까요? 어때요 할배? 엄청 멋지지 않아요?"

코치의 눈은 초롱초롱하게 빛나고 있었다.

"그래! 그것 참 멋진 생각이구나. 고물토끼가 들었으면 무척이나 좋아했을 게다. 아주 멋진 꿈이고 비전이야! 허허!"

"그런데 신기한 게 있어요. 고물토끼님은 제가 이런 꿈을 가질 거라고 벌써 알고 있었던 것 같아요. 헤어지기 전에 그랬거든요. 행운의 비밀 법칙을 가르쳐 주는 행운 코치가 되라고 말이에요. 그때는 별 생각 없이 그러겠다고 했는데요. 지금은 아니에요. 진짜 행운 코치가 되고 싶어졌어요!"

그러자 할배나무는 의미심장한 미소를 지으며 코치에게 물었다.

"허허…… 코치야, 네가 행운 코치가 되겠다고 했을 때 고물토끼가 이렇게 말하지 않더냐? 이 할배가 뭘 가르쳐 줄 거라고 말이야."

"네! 맞아요! 그랬어요. 진짜 행운 코치가 되고 싶으면 할배한테 이것저것 물어보라고요. 할배, 그게 뭔데요? 네?"

코치가 다급하게 묻자 할배나무는 이렇게 말했다.

"이 할배가 행운 코치가 되는 방법을 알고 있거든……. 그게 말이다…… 행운의 비밀 법칙을 가르칠 수 있는 행운의 고수가 되는 학교가 있어. 바로 Lucky school이지."

"Lucky school이요? 그게 어디에 있는데요?"

코치는 눈을 동그랗게 뜨고 할배나무의 입만 쳐다보고 있었다.

"바로 고물토끼가 사는 아로로에 있단다. 어떠냐. 너도 가 보고 싶지 않으냐?"

할배나무가 묻자 코치는 잠시도 망설이지 않고 큰 소리로 대답했다.

"네! 가고 싶어요. 꼭이요! 아로로! Lucky school! 어떻게 해야 갈 수 있어요?"

코치가 묻자 할배나무는 이번에도 알 수 없는 미소를 지으며 대답했다.

"그건 말이다. 고물토끼가 허락을 하면 갈 수 있단다. 그때가 되기를 기다려야겠지? 허허!"

그날 저녁, 코치는 새로운 꿈을 꾸면서 무척이나 행복해했다. 고물토끼의 나라, 아로로에 있는 Lucky school로 가는 그날을 기대하며……

LUCKY SCHOOL

너는 이미 행운이란다!

눈치코치 없는 투덜이에서 행복한 행운아가 된 코치.

요상하지만 행운의 비밀 법칙을 알려 준 양철 주전자 속 고물토끼.

언제나 코치를 지켜보며 한결같은 모습으로 응원해 준 할배나무.

그리고 코치의 곁을 지켜 주는 친구들과 가족들까지!

이들의 재미있고도 감동적인 이야기를 잘 보았나요? 이제 코치는 진정한 행운아로 행복한 나날을 보내고 있을 거예요. 고물토끼는 양철 주전자 안에서, 할배나무는 할배언덕 꼭대기에서 그런 코치를 보며 더욱 행복해하고 있을 거고요.

코치와 고물토끼, 할배나무와 친구들 모두 첫 장부터 여기까지 이 책을 읽고 있는 여러분에게도 고마워하고 있을 거예요. 또 진심으로 축하하고 있을 거예요. 앞부분만 읽고 이 책을 덮어 버렸다면 행운을 만날 날이 더욱 멀어졌을 테니 말이에요. 행운의 비밀 법칙을 알게 된 여러분은 이미 행운아랍니다.

하지만 '참 재미있었어!', '좋은 내용이네', '이게 행운아가 되는 방법이구나!'라고 생각만 하고 마지막 책장을 덮어 버리면 아무런 소용이 없어요. 가장 중요한 것은 고물토끼가 가르쳐 준 행운의 비밀 법칙을 여러분이 직접 실천하고 변화를 체험하는 것이랍니다. 그렇게 한다면 누구나 코치처럼 행복한 행운아가 될 수 있을 거예요.

그리고 친한 친구들에게, 소중한 사람에게 이 책을 선물해 주세요. 그것이 바로 행운의 비밀 법칙을 가르쳐 주는 '행운 코치'가 되는 가장 쉬운 방법이 될 거예요. 행운이 담긴 이 책을 선물 받으면 모두들 기뻐하며 행복을 느낄 거랍니다. 기억하세요! 이 세상 모든 사람은 누구나 행운아가 될 수 있답니다!

고물토끼를 만나러 오세요!

_누구나 행운아가 될 수 있습니다

꼬질꼬질, 얼렁뚱땅!
괴짜 고물토끼 클로버가 투덜투덜 코치 같은 친구들을 기다립니다.

학교 가기 싫은 아이, 공부하기 싫은 아이, 꿈이 없는 아이, 불평불만이 많은 아이, 미운 말을 많이 하는 아이, 자신감이 없는 아이, 마음속에 미움이 가득한 아이, 나밖에 모르는 아이, 행복하지 않다고 느끼는 아이, 운이 없다고 생각하는 아이, 행운아가 되고 싶은 아이!

하버드에서 공부하면서 '행운의 7가지 법칙'을 점검하고 정리한 선생님과 이 책을 직접 집필한 작가 선생님을 비롯한 여러 선생님들이 고물토끼가 되어 우리 친구들에게 '행운의 7가지 법칙'을 가르쳐 줍니다. 탄탄한 이론을 바탕으로 10년간의 교육 경험과 강의를 통해 검증된 프로그램이 흥미진진하게 진행됩니다. 다양한 방식의 프로그램을 통하여 우리 친구들이 학교 공부에도 한층 흥미를 가질 수 있도록 하는 유익한 시간이 될 것입니다.

이로써 우리 친구들은 주인공 코치처럼 행복한 행운아로 살아갈 수 있을 뿐 아니라, 자기 자신에 대해 정확히 알고 자신감을 가짐으로써 자존감을 향상시킬 수 있습니다. 또한 꿈을 갖고 스스로 공부할 수 있는 자기주도학습력을 익힐 수 있으며, 요즘 대학 입시에서 빼 놓을 수 없는 입학사정관제까지 기초부터 탄탄하게 준비할 수 있습니다.

초·중·고 학생이라면 누구나 환영합니다. 학부모님이 함께 참여하신다면 우리 아이들에게 더욱 도움이 될 것입니다. 고물토끼 클로버가 우리 친구들과 학부모님들을 기다립니다!

자세한 안내를 원하시면 http://cafe.naver.com/luckycoach

조우석

행복한 학교를 꿈꾸는 교육 전문 코치.

에듀베리 교육 연구소 소장으로 교육 전문 기획자, 작가, 강연자로 활동하고 있다.

전 하버드 케네디 스쿨 입학 사정위원을 역임했으며, 세계 최대 사회저기업인 굿윌 인더스트리스 한국 본부 설립에 참여하였다. 지난 10년 동안 서울대학교 SAM 청소년 멘토링 프로그램 선임자문위원, 대통령직속 중소특위 청소년 기업가정신 교육 Bizcool 프로그램 연구원, 사회적 멘토링 '삶의 스승 운동' 기획 등 다양한 교육 영역에서 활동해 왔다.

연세대학교 경영학과를 졸업하고 서울대학교 경영학 석사와 하버드 케네디스쿨 공공행정학 석사 과정을 마쳤다. 저서와 역서로《꿈을 이루는 6일간의 수업》과《위대한 코치 존 우든의 인생 코칭》이 있다.

김민기

워싱턴DC에서 사랑스러운 아내와 함께 행복한 꿈을 꾸며 살아가는 사회적기업가.

세계 최고의 사회적기업가 투자기관인 아쇼카(Ashoka: Innovators for the Public)에서 한국인 최초의 디렉터로 일하고 있으며, 전 세계 30개국 벤처투자(Venture)부서의 전략 및 재무를 담당하면서 세상을 보다 행복하게 만들기 위한 발걸음을 계속하고 있다.

연세대학교 경영학과와 미국 Duke 대학교 MBA를 졸업하였다. 삼성증권 M&A(기업인수 합병) 팀에서 투자은행가로 활동했고, 엔씨소프트 CFO 직속팀인 재무전략팀에서 재무전문가로서의 길을 걸었으며, 세계 최대 사회적기업인 굿윌 인더스트리스 한국 본부 설립에 참여하였다.

신선웅

아이들에게 꿈과 행복을 주는 즐거움으로 글을 쓰는 동화작가.

그림책을 기획하고 만드는 일과 함께 다양한 집필 활동을 하고 있으며, 수많은 아이들과 직접 만나 소통하기 위해 여러 기관 및 학교에서 꿈과 비전, 창의력 개발 등에 대한 강의 활동을 하고 있다. 서울신학대학교 기독교교육학과를 졸업하고, 사회복지학과 평생교육사 과정을 공부했다. 출판사에서 어린이책을 기획 · 편집하고, 여러 청소년 캠프에서 상담자로 활동해 왔다. 대표 작품으로는《한국을 넘어 세계의 리더가 되라》,《소망》이 있고, 아이들을 위해 지은 그림책으로는《청개구리 노노》,《고마워요, 아저씨》,《세상은 참 아름답구나!》등이 있다.

행운의 고물토끼

2011년 11월 30일 1판 1쇄
2023년 10월 10일 1판 5쇄

지은이 조우석, 김민기, 신선웅
펴낸이 김철종

일러스트 한호진

펴낸곳 한언
주소 03146 서울시 종로구 삼일대로 453(경운동) 2층
전화번호 02)701-6616 **팩스번호** 02)701-4449
전자우편 haneon@haneon.com
출판등록 1983년 9월 30일 제1-128호
ISBN 978-89-5596-629-9   63100

©2011 조우석, 김민기, 신선웅
   저자와의 협의하에 인지 생략

* 이 책의 무단전재 및 복제를 금합니다.
* 책값은 뒤표지에 표시되어 있습니다.
* 잘못 만들어진 책은 구입하신 서점에서 바꾸어 드립니다.

이 책의 저자 인세 중 일부는 비영리단체와 사회적 기업에 전해집니다.